有爱的青春陪伴者

钦差大人是竹马

荒城·著
Qinchai Daren
Shi Zhuma

花山文艺出版社

图书在版编目（CIP）数据

钦差大人是竹马 / 荒城著. —石家庄：花山文艺出版社，2019.8
ISBN 978-7-5511-4680-7

Ⅰ.①钦… Ⅱ.①荒… Ⅲ.①长篇小说－中国－当代Ⅳ.①I247.5
中国版本图书馆CIP数据核字(2019)第107719号

书　　名：	钦差大人是竹马
著　　者：	荒　城
策　　划：	张采鑫
责任编辑：	郝卫国
特约编辑：	王　胜　阿　灯
美术编辑：	胡彤亮
责任校对：	齐　欣
封面设计：	Insect
内页设计：	cain酱
封面绘制：	饼子会飞
出版发行：	花山文艺出版社（邮政编码：050061）
	（河北省石家庄市友谊北大街330号）
销售热线：	0311-88643221/29/35/26
传　　真：	0311-88643225
印　　刷：	湖南凌宇纸品有限公司
经　　销：	新华书店
开　　本：	889×1194　1/32
印　　张：	8.5
字　　数：	171千字
版　　次：	2019年8月第1版
	2019年8月第1次印刷
书　　号：	ISBN 978-7-5511-4680-7
定　　价：	35.80元

（版权所有　翻印必究·印装有误　负责调换）

目 录

第一章 /001
抢了个小白脸儿钦差

第二章 /013
被忽悠的"青梅竹马"

第三章 /024
小黑屋的秘密谈话

第四章 /039
"百忧解"出了新配方

第五章 /046
这双手怕是要废

第六章 /059
老板娘的神秘身份

第七章 /072
百花寨小霸王重出江湖

第八章 /087
又被人盯上了

第九章 /100
有人打潘安的主意?

第十章 /111
牢里遇到个熟人

第十一章 /124
官府几日游

目 录

第十二章 /135
上一代的激情岁月

第十三章 /152
官府里也有个潘安

第十四章 /168
再次入狱见熟人

第十五章 /180
哪个潘安是假的?

第十六章 /191
未婚妻被抢走了

第十七章 /202
离家出走的熊孩子

第十八章 /218
救出未婚妻就跑路

第十九章 /240
敢从三娘手里抢人

第二十章 /248
道个歉我就原谅你了

番外 /257
大当家的黑暗料理

第一章·抢了个小白脸儿钦差

早起的鸟儿有虫吃,早起的山贼有财抢。

"二叔,我绑了个钦差小白脸儿回来当相公,你待会儿去帮我做做思想工作啊!"

大昭国被云岭山脉一分为二，东部地势平坦，土地肥沃，物产丰富，江南一带更是经济繁华，渔歌唱晚，夜夜笙歌。提起王城也是一派富贵，热闹非凡。

云岭山脉偏西，数百里山脉蜿蜒起伏，暗藏杀机无数，其中的一个清溪镇就是这穷山恶水地带的代表。俗话说穷山恶水出刁民，清溪镇周围有几十个土匪寨子，几个人到几百人的都有。几百年来土匪生意一直都是清溪镇的家族产业，世袭罔替，也出过几个英雄人物，但出得更多的是草贼。其中较为出名的草莽英雄有天龙寨的潘星海、百花寨的陈二白、望山门的叶温、紫竹寨的铃铛寨主，这些都是闻名已久的土匪头子，而后起之秀就要数百花寨的三娘了。

三娘在百花寨当了十几年的土匪头子，一双大板斧舞得呼呼生风，跟官府打了十几年的游击愣是没输过。只是，三娘听闻今日官府要来个京里的将军做钦差大臣剿匪。

天才蒙蒙亮，一条官道孤零零地从崇山峻岭中穿了出来，凸显了几分末路英雄的豪气。

三娘带着寨子里的几个好手躲在官道一旁的矮树后面,伸手啪一下又拍死了一只企图行凶的长脚蚊,正寻思着下次兄弟们出来劫道时,一定得备着点让蛇虫鼠蚁退避三舍的药。突然,三娘听见了一串逐渐清晰的马蹄声,只见一匹白马从前方飞驰而来,马上骑了个神情肃穆、容貌俊俏的公子哥,背了个青色的包裹,里面像是有些东西。

三娘选的这个地方向前看视野开阔,向后是个拐弯,既能看清楚来人早早地埋伏好,又进退自如方便撤退,可谓是拦路抢劫必争之宝地。

看着人已经要冲到眼前了,三娘抱着斧子笑得有些得意,一个眼神过去,阿旺得令,立马把手上的绳子扔了出去,正好套中飞奔的马腿。三娘想着人仰马翻之后自己再出去敲晕来人了事。结果,不知道是此马力气太大,还是马上的人有两下子,马愣是没翻,停了一下就拖着绳子跑了,再一看阿旺快被拖得挂在树上了。

一招不行,还有后招。

马跑了没几米,只见前方拐弯处突然噼里啪啦冲出一个带着鞭炮的人来,扔了鞭炮就叫嚷着倒在了地上,形成了一个"大"字状的人形路障。

马受惊想往旁边林子里钻,马上的人只得先控制住疯狂的坐骑,让它稳定下来。不料,这时前方突然杀出几个黑衣大汉,黑色面巾围

脸，看起来十分凶残。那人正想拔刀，只听见后面传来脆生生一句"住手"，他习惯性迟疑了一下，结果脑子一痛便倒了下去不省人事。三娘疑惑地看了看自己的斧子，感觉好像也没用多大力啊，怎么这么不经拍呢？

放鞭炮的小六子也跑了过来，称赞道："三娘威武，不愧是我们百花寨的大当家！"

其他黑衣人纷纷表示同意。

早起的鸟儿有虫吃，早起的山贼有财抢。

三娘带着人回寨子的时候刚赶上开饭，一寨子老少爷们都在。

吴大娘亲自腌的水灵灵的泡菜刚端上来就被抢得差不多了，多亏小六子机灵，背着吴大娘又去厨房偷了点来，转手就和三娘分了。

吴大娘定的规矩，每天的泡菜和红油咸鸭蛋都限量供应，她天天挥着锅铲说："你们这些兔崽子不知道柴米油盐贵，一个个吃饱了这顿就不想着下顿！"

三娘就着酸爽的泡笋，囫囵啃了个馒头，边喝粥边冲二当家陈二白叫唤："二叔，我绑了个钦差小白脸儿回来当相公，你待会儿去帮我做做思想工作啊！"

"这些年你都绑了十个了，我的好丫头啊，你可是定了亲的人啊！"陈二当家提起这些破事就觉得胃疼，连吴大娘亲自腌的红油咸鸭蛋都让他没什么胃口。

"什么，你绑了个钦差！"后知后觉的陈二当家山羊胡一翘一翘的，反应过来时口水差点喷进了三娘的碗里。

"是啊，时间日期都对得上，又有钦差的印章，不是钦差是谁嘛。"三娘嫌弃地把碗端远了点，又用筷子叉了个肉包子吃。嗯，有馅的还是比没馅的要好吃点，干脆晚上叫吴大娘包个三鲜馅的饺子来吃吃，再加点打卤的牛肉酱，那滋味美呆了！三娘正越想越来劲，冷不丁被陈二当家戳了一筷子，再看到他那张"你知道你说了什么吗"的脸，顿时有点蔫了。

"还有啊，那亲是你们定的，要嫁自己嫁去。"三娘小时候就没了爹娘，这对故去多年的父母还给她结了门亲，是天龙寨的小土匪潘安。那小土匪名字虽然叫潘安，但长得和潘安那叫一个天差地别。三娘只要一想起那张圆滚滚的只能看见两条缝一样的眼睛的脸时就感到一阵油腻，就再也不敢对这个名字起心思了。再想想自己今天抢回来的这个，星眸剑眉的，怎么看都比那坨肉好看多了。

看着三娘油盐不进的样子，陈二当家气得放下碗，揪着山羊胡就开始痛哭："都怪你那死鬼娘，当年跟她说不要抢钦差，她不听，还把这毛病传给了你。哎哟喂，你那死鬼爹也是，干什么不好，当个杀猪的屠夫都比干剿匪的钦差好啊……"

每次二当家被三娘气毛了，就从三娘的娘亲开始哭诉，一直哭到三娘出生，再细数一番她从小到大干过的不靠谱的事儿。大家一致觉

得二当家年轻的时候肯定是天桥下说书的，至于为什么是天桥下的呢，因为一个事儿讲了好多年，茶楼肯定不会要他，要了赔钱不划算！

反正这事儿，大家已经见怪不怪，权当加菜了。所有人都继续淡定地吃饭喝粥，小六子还趁机夹走了陈二当家碗里那半个流油的咸鸭蛋。

三娘看着咸鸭蛋被小六子抢先一步夺去，只得再去拿个馒头，只是看见馒头白白胖胖的就不禁想起了那个油腻的未婚夫。三娘哆嗦了一下，还是觉得有点受不了，只好放下了手中的馒头。

看陈二当家才说到自己十岁时去山下抢劫的事儿，估摸着还有一会儿才能编排到今天，三娘便使了个眼色给小六子，带着他偷偷地溜了出去，两人准备去顾老爷子那儿看看带回来的小白脸儿。

顾老爷子，以前叫顾书缃，听起来就是个文雅的名字，据他自己说他曾是个了不得的名医。往上数个几十年，说不定江湖中也有这么一号人物，后来不知怎的他也随三娘的娘亲丹若落了草，在寨子里当了个大夫，闲来无事时喜欢用糖豆当各种名贵传说的药丸把一群小孩子骗到他的药庐里帮他晒晒药，拔拔草。

三娘小时候虽然是个无法无天的熊孩子，但是也架不住有一颗对江湖传说的向往之心，对一些吃了让人哭、让人笑，还有让人做什么就做什么，不听指令就会毒发身亡、七窍流血死的东西特别感兴趣。又因为她和小六子武功练得不错，在孩子们当中比较像个壮丁，所以顾老爷子更是三天两头就给他俩吃不同味道不同颜色的糖豆，还神神乎乎地编出一大堆名堂来诳两个小孩儿，实在是为老不尊！还爱絮絮叨叨给寨子里的孩子们讲文章，一开口就是"之乎者也"直把一群半大的毛孩子讲得颠三倒四神志不清，从此再不敢仔细听。

三娘现在还记得她被诳得最惨的那一次，简直是人生中再也不能超越的黑历史，提起就觉得自己是个傻玩意儿。

那时，三娘才十来岁，寨子里的大人都说她胆子有脸盆那么大了。等她去山下抢了个白白嫩嫩的小童子的时候，大家觉得她的胆子脸盆可能都装不下了，得拿吴大娘掌勺的那一百多口人的大铁锅来装。可想而知，三娘虽然没有挨打，但也被大人们轮流训了一天一夜，跪得膝盖都青了。她蔫得像晒了几天的狗尾巴草一样，准备去找顾老爷子拿药揉揉，结果顾老爷子神秘兮兮地问三娘想不想试试他的成名之作。

"这个啊，叫'百忧解'，吃了就不记得那些不开心的事了。你要不要试试啊，想记起来的时候还可以来我这里拿解药哦。很神奇，很好吃的，我加了很多蜂蜜和果粉的……"

可能是那个时候的顾书绷讲得一本正经一脸深不可测，也可能是三娘刚刚挨了罚觉得人生都是灰暗的，于是乎，她就成了顾老爷子重出江湖的第一个试验品，然而她吃的还是糖豆，蜂蜜橘子味的。

最傻的事情是三娘晚上睡迷糊了蹬了被子，第二天就发了烧，看着二当家这些"昨天的仇人"愣是脑子里一片空白。她突然有些害怕，

自己不会就这样把二叔、三婶、吴大娘一干子人全忘了吧,再看看他们此时关心自己的样子,三娘顿时觉得自己真不是个东西,这么重要的人说忘就忘,太没良心了。于是她就火急火燎地往药庐跑,想拿颗解药吃,结果没跑几步就晕了,醒过来时发现大家都用犹犹豫豫中带着一言难尽的脸色看着她,她才发觉自己这次是被坑大发了。于是,三娘再也没接过顾老爷子的糖豆,还经常领着小六子去他的药庐捣乱。

三娘和小六子才跨进药庐的门就看到了顾老爷子的小孙子顾轩,小孩子今年才八岁,扎两个童子头圆乎乎的,像个小福娃一样可爱。三娘忍不住逗了逗他,对着他的脸摸了半晌后,又把他的头揉得像个小鸡窝才放过他。小童子显然已经知道这个女土匪的作风是不可能改的,只好委屈地撇撇嘴看向小六子。

小六子也趁机摸了一把那白嫩嫩的小脸,然后从怀里掏出个小玩意儿来。是一把牛皮的小弹弓,做得很精致,把手部分还细心地包了布条,想来是不愿意磨破孩子柔嫩的手,还有一包木头子弹,全都是圆溜溜的,还编了号,十分有趣。

顾轩收了弹弓,开始向二位汇报"军情":"小白脸儿还在睡,爷爷说小白脸儿还要睡很久。小白脸儿可能会伤了脑子变成个傻子,还说姐姐下手太狠要揍你。"

"你这一口一个小白脸儿跟谁学的啊?小孩子不能这么没礼貌知不知道。要叫大哥哥,长得好看的大哥哥。"三娘明显有些找错了重点。

顾轩瞪着她:"跟你学的啊,还有二爷爷。"

"我就说二叔一天到晚为老不尊的,你看看教给孩子的都是些什么东西!"三娘又选择性地再次忽略了自己,并且没有一点心虚地快步向屋子里走去,只是快到门口时她硬生生地拐了个弯走了出去。她刚刚好像听见顾老爷子说要揍她来着,反正那小白脸儿还没醒,不看也罢!

小六子:"……"

顾轩:"还以为姐姐没听见呢。"

小六子见三娘走了,朝着顾轩说道:"乖,我也走了。以后别说人家小白脸儿了,那是骂人的知道吗?还有,屋里的小白脸儿醒了叫我一声。"

顾轩:"……"

被百花寨抢回来的小白脸儿已经昏睡了两天,根据顾轩的通风报信三娘得知小白脸儿昨天晚上醒了一次,但是头痛难忍,又晕了。

"什么,那小子失忆了?"三娘的大嗓门号响了整个寨子,"哈哈哈,走,带我去看看。"

三娘揪着报信的小六子就往外跑,昨晚她听说那小子醒了,正愁着怎么安排他呢,这真是天助我也!

事实证明不是天助,是三娘自己争气。

"三娘功夫没白练,这一斧子拍下去,再狠点就直接开瓢了,哪

轮得到失忆。"顾老先生一生自诩医者仁心慈悲为怀，还在为病人愤愤不平。

"呃，不是说他是个将军吗？将军功夫怎么这么差，都不练练金钟罩铁布衫，这货走的是后门，对吧，小六子？"全寨子就这么一个郎中，又年事已高不像以前那么沉得住气，不能气坏了他，三娘朝小六子挤眉弄眼。

"对，对，三娘说得对，顾爷爷快看，这小子要醒了。"

三娘看着躺得稳稳的人，这哪里像要醒了的样子。唉，谁叫小六子也是为自己说话呢？三娘含了口水，朝那张好看的脸来了个天女散花，顿时众人脸色那叫一个百花齐放。

"呔，给我醒来！"

顾老先生被气得脸色发青，甚至不顾自己的高龄愣是颤颤巍巍地站起来，就要用烟杆打三娘。

三娘想着不能还手也不能白白挨打，就往边上让。小六子见状往边上拦住了顾老先生，一个手忙脚乱三娘就被挤得向前一扑，直直地压到了床上的人身上。

"咳，咳咳……"

这下好了，没被喷醒的人还是被压醒了，可见这命啊，左右就躲不过。

"三娘，你今天必须跟我去天龙寨，再不管管你，你简直太无法无天了……"得，二当家也来凑热闹了，还没进门就听到他的吆喝。

在快乱成一锅粥的情况下，三娘愣是凭着习武之人的灵敏躲过了各方言语追杀，还清清楚楚地听到了那小白脸儿问的一句："请问，我是谁啊，这里是哪里？"

"你是天龙寨的潘安，是我未过门的夫婿，咱俩定了娃娃亲。这里是百花寨，我是这里的头头。"笑话，三娘来这里守着他，就是为了他这一问。当机立断地回了话后，三娘用眼神威逼利诱其他人闭嘴。

"顾爷爷，你看我这么大了还没嫁人，就可怜可怜我吧！大不了我让小六子给你试药啊。"顾老爷子一般还是吃软的。

"叔啊，话都说出去了，收不回来了呀。"一转眼她就从可怜兮兮变得眉飞色舞，二爷噎住了一口气差点上不来。

"听老大的，要不揍你！"小六子被她一个眼神扫过来吓得一哆嗦，连连点头。

"我好像记不得了……"那人显得有些迟疑，"我的伤……"不愧是京里的山水，养出来的人皱眉都这么好看。

"官府来了个钦差，你的伤是他拍的。"接下来，三娘动之以情晓之以理地对"潘安"进行了忽悠，不，是解释。

这条官道上大大小小十几个寨子，天龙寨和百花寨最强，两家的少当家也定了娃娃亲，还按照当时流行的规矩掰了块玉佩，一人留了一半，不过三娘那一半早在几年前就不知道被她扔哪儿去了。

"你来娶我的途中遇见了钦差，你们斗不过他，他把你打晕了准

备带回去关起来，我路过就顺手救了你们。对了，这是你的小跟班小六子，其他的事，你可以问问他。小六子，快来！"

在三娘的威逼下，小六子苦着脸奔了过来，对着"潘安"号哭起来："老大，多亏了三娘，要不然我们就死翘翘了啊。老大，你一定要以身相报啊，呜啊呜……"

陈二当家已经一愣一愣的，快要晕过去了。顾老先生脸色也相当精彩。

这两个小骗子！

第二章 · 被忽悠的『青梅竹马』

小六子说他曾经单挑了一个小寨子,因为那个当家的调戏了三娘一把……

小六子说他还追了个海边来的商人三天,给三娘抢了颗碗大的夜明珠……

三娘用眼神暗示小六子能不能别说这么扯的,我们寨子哪来那么大的夜明珠!

使了一招狸猫换太子，小白脸儿就稀里糊涂地变成了天龙寨的少当家"潘安"，三娘也成了"潘安"光明正大的夫人，时时刻刻跟着他，恨不得十二个时辰都盯着他看，还美其名曰要陪着他回忆往事，找回当年纯情、有担当、又任劳任怨的竹马。

不过真正的竹马潘安其实也只跟三娘一起野了几年。那个时候，小孩子正淘气得厉害，两个人带着寨子里的孩子满山遍野地撒泼胡闹也没人管，惹了祸三娘就往潘星海怀里扑，一口一个"潘爹爹"，叫得潘寨主这个五大三粗的汉子对她金贵得不得了，连重话都舍不得说一句。不过潘安就不一样了，他小时候是个小胖子，眉眼都挤在一起没长开，看起来就像个被按了几指头的白面馒头，整天乐呵呵地跟着三娘上蹿下跳。潘星海一看见他就来气，所以小胖子潘安这个小竹马倒真是任劳任怨，专业负责背锅挨揍！

后面三娘被接回了百花寨，过了一个月就听说潘安被送走了，至于送到哪里，倒是没有人告诉她，只是说送他出去学东西了，学好了就回来。三娘当时很天真地想,那个胖子学东西慢死了,他可能要几十年才能回来。后面她又想了几次,过年过节还问了潘星海几次,越加觉得潘安可能真的回不来了,于是就慢慢地把他给忘了。要不是二当家时不时提一提,三娘还想不起来可以这么编。

不过都是三娘和小六子编,"潘安"听,两人时常编着编着自己先一脸尴尬了。

小六子说他曾经单挑了一个小寨子,因为那个当家的调戏了三娘一把……

"潘安"内心一阵无语,谁敢调戏她,被她一掌拍下去怕是要留下心理阴影……

小六子说他曾经天不亮就偷偷地溜下山,只是为了去给她买个什么限时抢购的稀奇糕点,还有类似的糯米荷花鸡、九彩玲珑包、凉拌三丝、八宝鸭子、糖醋稻花鱼、香酥脆皮排骨煲、蟹黄豆腐花、白灼海虾……

"潘安"只好点头附和:"嗯嗯……"真挺会吃的,虽然记不起来什么味道,不过听起来很不错。

小六子说他还追了个海边来的商人三天,给三娘抢了颗碗大的夜明珠……

三娘用眼神暗示小六子能不能别说这么扯的,我们寨子哪来那么大的夜明珠!

"不是你叫我编他以前对你多好吗,反正他都不知道,随便编嘛。"小六子明显编得有点飘了。

"你!"

"潘安"有作为一个听众不插话的自觉和接话只接"嗯""啊""哦"的高水平操作,尽管颇多疑虑,但还是努力控制了一下自己内心十分无语还不能扭头就走的不平衡心理,真的是憋得相当不易。这时看见三娘一副要揍人的表情,手还往斧子上摸了摸,心想终于等到了一个光明正大插话的机会了,他赶紧拉着三娘说:"我以前来过这里,不过不记得了,你能再带我逛逛吗?"

"好啊好啊,三娘快带老大去吧,顾爷爷说要多见见熟悉的人和地方。"小六子此时有种死里逃生的亢奋,还用眼神表示对"潘安"的感激,嗯,不错,像兄弟!

"嗯,你跟我来啊。"话是这么说,三娘抓着"潘安"的手就出去了,还瞪着小六子叫他不要跟来。

"山前这里你都逛过了,我带你去山后的好地方吧,以前我们经常来啊。"山后有一条从深山流出来的河,山后地势比较低就孕育了些花花草草,自然树木也不少,不过被人为分成了两个部分。东面更靠近河的被圈了出来,种上了石榴树,现在还没有到石榴开花的盛季,不过已经有些红色的小花挤在了大片大片的深绿里,远远望过去,万绿丛中几抹红,再加上树下面自然生长的大片大片的野花,看起来确实是个比较唯美的适合私会的好地方。

不过三娘明显是没有想太多，她以前确实经常来，小胖子潘安也来过一次，被三娘揍得鼻青脸肿哭着回去了，后面二人就再没见过面了。

"潘安"试着挣扎了，企图摆脱三娘的手，发现无果后很快把注意力拉到了山后这片林子里，密密地种植着石榴树，中间还放着浇水的桶、瓢。几条林荫小路也是干干净净整整齐齐的，明显这片林子是有人特意种的，十有八九就是寨子里的人种的。

"潘安"发现三娘其实有点小话痨，这样的人是不容易藏住话的，而且这里就他们两个人，所以他决定试试看能不能从三娘嘴里套出点有用的信息来。

"夏天时这里一定会很漂亮吧？""潘安"走近一棵树，上面有几朵稀疏的花，虽然不多，却让人一眼就可以感受到它们的活力，红得像朝霞一样。

"对呀，夏天时这里会开很多的花，挺好看的，那些花和果子用来酿酒味道可好了。前面我还埋了一坛呢，我带你去看看。"三娘想起自己私藏的酒笑得跟喝醉了的猫似的，眉眼弯弯的，一点都不掩饰地高兴，拉着"潘安"就往前面跑。

三娘一只手拉着"潘安"不放，另一只手拂过挡路的树枝。"潘安"一只手被三娘牵着往前跑，另一只手要努力让自己保持平衡，于是，三娘拂过的树枝"啪啪"地就往他脸上招呼了，他的脸莫名红了

几分……

　　要不是知道三娘是无意的,他绝对会凭着这个把对方撸到树上去挂着,但是,他和三娘,还不清楚谁是会被挂上去的那个。

　　三娘拉着"潘安"在一棵明显要大些的树下停住了,开始跟他讲她这坛酒来得多么不容易。

　　"二叔不准我喝太多的酒,他说我喝多了就会发酒疯谁都管不住,明明他自己才发酒疯,一喝醉就抱着个坛子叽叽歪歪跟唱戏一样。还有啊,他可抠了,每坛酒都被锁在了地窖里,除了他和吴婶婶,别人根本进不去。"三娘说二当家像个唱戏的,殊不知在"潘安"眼里她也差不多了,几句话说下来,脸上的表情生动感人,不知道的还以为她受什么天大的委屈了。不过下一秒,她又笑得有些得意,"不过,我是谁啊,百花寨的大当家啊,拿一坛酒谁敢说什么!"

　　"潘安"好笑地看着她,也不拆穿。这坛酒多半是她趁陈二白喝醉了去偷偷摸出来的,还拿出老远藏在了后山,实在是有些胆小得可爱。

　　"还没问你为什么是大当家呢,我看寨子里二当家陈二叔还有三当家顾叔都比你年长。"

　　"这个啊,因为我娘亲是大当家啊,她死后没人愿意当大当家就给我当啦。还有,其他人都打不过我!"这倒是实话,年轻一辈里包括几个比三娘年长的,愣是没几个人能打得过她,她天生神力,抡一双斧头,小伙子们都羡慕得不行。

"对不住啊,我不是有意提起的。""潘安"想不到随便套个话就戳了人家伤心事,有点小愧疚,连忙道歉。

三娘挥挥手表示自己早就不在意这些了,随后想把酒埋回去。

"潘安"想喝点酒缓和一下气氛就劝住了她,而且酒后吐真言什么的常识他还是没有忘。

三娘表情有些犹豫,不过很快她就笑着把酒递给了"潘安",在"潘安"劝她来一口的时候,也犹豫了一下问了句:"你真想喝啊?"

"当然,三娘说这酒十分难得,自然要尝尝的,三娘莫非不愿意同饮?"

"好。"三娘爽快地喝了。

但是,他可能忘了自己是标准的"一杯晕二杯迷三杯倒"的酒量了。

陈二白作为清溪镇土匪圈鼎鼎有名的豪杰之一,外面流传的故事都是他千里送大刀豪情万丈、万死不辞抚养旧交遗孤、一人把持百花寨万个官兵进不来之类的光辉形象。不过,在二当家眼里,就算外面把他吹上了天,也不可能解决他现在还是个大龄单身男子的现实问题的,况且他这前半辈子都用来操心了——三娘小时候要操心她太熊,大了还要操心她的婚事,现在一个没看住,还有可能和官府结个亲。唉,陈二白揪着自己的山羊胡,感到自己带孩子的前途一片黯淡,甚至生出几分给三娘的娘亲丹若托个梦的想法,问问她生了个什么玩意

儿,黑熊精转世都没这么能闹腾的!

陈二当家没想到三娘胆子越来越大敢绑票绑到钦差那里去,不过人既然绑了上来,就不能随随便便放回去了,再怎么也得敲一笔辛苦费回来。

按照陈二当家的想法,先好吃好喝把钦差供几天,再送下山去跟官府换点白花花的银子。毕竟这么大个寨子,周围还有一溜抢生意的同行,每月的活动经费实在是有限。不料,他一个没注意又被三娘抢了先,小白脸儿钦差一转眼就变成了三娘未过门的夫婿——天龙寨的少当家潘安。

陈二当家再次感到长江后浪推前浪,前浪已经搁浅多年。他也变得十分迷茫,别人家的孩子似乎都很好养,最大的事也不过头疼脑热发个烧,怎么到了他这里就是刀山火海忽上忽下的。特别今早他遇到了顾书绁那老头的孙子,既聪明伶俐,又招人疼,重点是一点都不淘气。主要是有三娘这个标杆在前面一骑绝尘,后面的孩子再淘也淘不过她。

但是陈二当家一直非常有自知之明,从三娘的娘亲丹若开始,他就逐渐在适应老妈子的身份,到了三娘这里,已经完全从一个不拘小节的草莽英雄变成了一个事事都要琢磨琢磨的大叔。于是,他决定去见见这个所谓的"潘安",估摸着还是想个办法把人送回去比较稳妥,顺便也探探这个钦差的本事。

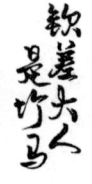

陈二当家才走进"潘安"住的房间,就看见了一些看起来不是很

雅观的画面。他把跨进去的那只脚退了出来，抬头望了望天，还没有黑啊，初夏的太阳还斜斜地挂在西方，要落不落，可关键是还没落啊，那房间里的两个人在干吗？

脱个衣服玩？

天太热了闲得慌？

"三娘，你给我出来！"陈二当家怒火中烧，一个好好的姑娘家，没有一点姑娘的样子，现在连脸都不想要了吗！

"呀，二……二叔啊，你怎么来了？"屋里的人明显受到了惊吓，发出了惊讶、磕磕碰碰等声音，但就是磨磨蹭蹭不出去。

"哼，你说呢！"陈二当家听了这话差点就要冲进去把那个小白脸儿吊起来打一顿了，心想，我再不来你们指不定要干些什么有伤风化的事了，那个小白脸儿一张脸就把你迷成了这样！

"二叔啊，我不知道啊。"三娘尽量让自己装得无辜点，快刀斩乱麻给"潘安"换完衣服，再把吐了一身的衣服扔到床下面，然后摆出一副"我什么都不知道，也什么都没做"的表情走了出去。

结果，她一出来就受到了陈二当家的"唾液攻击"："你们干吗呢？那小子呢，你把他给我叫出来，他把你咋啦，你们脱什么衣服啊？进行到哪一步了？现在把他阉了还来得及吗？别拦着我，早知道这小白脸儿不是什么好鸟，就该趁他昏迷把他给宰了，要不送给官府也成，还能弄点钱。你看看现在，他没占你便宜吧，他这个……"

三娘以为二当家发现了那坛失踪的酒来兴师问罪，结果好像不是

这么回事。她仔细回想了一下刚才的画面,好像是有点容易让人产生误会,更何况误会的人还是一个单身了几十年看谁都草木皆兵的老光棍,而被误会的人又是长得一看就招桃花,怎么看怎么帅的年轻帅小伙。等下,还有一个当事人好像是……自己!三娘顿悟了二当家脑补的画面,立刻玩命地拦住了二当家。

"别啊,二叔,你冷静点,冷静啊!"这下子误会大发了,关键是里面那个人醉得死死的,这么大的动静都没醒,估计要睡好一会儿。

"冷静个屁,今天那小子不给我出来,我就宰了他给大伙儿包饺子。"陈二当家被拦更加气愤了,他瞪着三娘,这个吃里爬外的东西。

"不不不,二叔,你听我解释啊,我可以解释的。"三娘欲哭无泪,怎么办?承认自己偷了酒,还是承认自己跟里面的小白脸儿有一腿?好难选啊,二叔,你千万要冷静啊,我还没有想好怎么编。

"好,你解释吧。"陈二当家退了两步,死死地瞪着呈"大"字形拦在门外的三娘,意思是你要不给我好好解释清楚,不仅里面那个小白脸儿我要宰了,就是你我也要一块儿宰!

"啊……"真是不想什么来什么,三娘怀疑今天是不是既不宜出门又不宜归家。

"那个,我那个,他,那啥,没什么关系。都是我做的,我把他灌醉了,刚刚就给他换了个衣服而已。"死就死吧,偷个酒最多关个十天半个月禁闭,偷个人事就大了,搞不好直接就把人气死了,或者寨子里的人一个没控制好把自己给揍狠了也不好啊。

"你上次喝醉了,对,就你把门口的石头当成床睡了一宿那次,我在地上捡的钥匙,但我就偷了一坛七月红,真的,埋在了后山林子里。刚刚打开喝了点,现在在房间里,不信我给你拿。"三娘老老实实交代了前因后果,说完去房间里给二当家拿酒,结果一进门就把门关得死死的,她干脆利落地从窗户翻了出去。

"三娘,你给我开门,我就知道你没那么老实!"

笑话,还不跑,被你抓住了还不烦死我。

"你敢跑,你跑了我就把房里这个阉了,再送到顾老头那里当试药的!"陈二当家听着声音猜到三娘已经翻了出去,只好用屋里的小白脸儿威胁一下,看看有没有用。按照以前的经验,那货跑了没有十天半个月是不会回来的,一回来就用各种小礼物把寨子里的大叔大婶老爷子哄得简直是黑白不分,别说打了,说句重话都要被围攻。

"二叔,你卑鄙!"

第三章
小黑屋的秘密谈话

"为什么啊?"
"你不是我未婚妻吗?担心你不对吗?"

三娘跑了一圈都快下山了,结果小六子在后面追着说:"二当家要拿那小子祭刀,说那小子毁了你的清白,现在估计寨子里的人都到齐了。"

三娘跑着听了一耳朵,差点从山路直接滚下去,觉得二叔已经疯了,自己还是不要回去了,去山外面住个一年半载吧,最好住到二叔成亲再回来,都说成了亲的人脾气会变好,也不知道是不是真的。

"不,我更不能回去了,回去他们还不把我扒了验身啊。"

"你怕什么啊,还是你真的……我去,三娘,那小白脸儿真做了啊,我也要回去宰了他!"

不对啊,怎么搞的,明明没做啥啊,三娘有点不明白自己为什么要跑了。

而且明显追下来的人不止小六子一个,三娘已经看到了顾三当家的黑衣和他手上的绳子了。看来,二叔是真怒了,都到了要绑回去的份了。

"你要帮我,说那坛酒是你让我偷的,我一口都没有动!"三娘觉得就是一坛酒的事儿,回去就回去吧,万一真把小白脸儿宰了就不好了,而且自己被绑回去也有点不像样子。

于是,三娘就跟被迫背锅的小六子回去了,结果,可想而知。

屋里的小白脸儿居然提前醒了,三娘的背锅侠还没有用上,那货已经里里外外把三娘出卖了个干净,还保证了以后一定不会喝酒,也不会让三娘喝酒。对此,三娘的想法是,你个一杯倒有什么资格喝酒,那叫浪费酒!

百花寨靠近后山有几座小木屋,屋后是两座大山,长臂猿都爬不上去,屋前被围了一圈又一圈的人。这里就是百花寨的小黑屋了,专门用来关禁闭。三娘在正中的一间屋子里小心地数了数人——十二个,再吆喝一声问了是谁,感觉更绝望了,寨子里跑得最快的十二个,这下子算是栽了,明着跑估计是不行了。

不过就算被关着,三娘也闲不住。等三娘在屋里闹腾得外面的十二个好汉招架不住,一致决定闭口不言,绝不多说一句话的时候,小六子带着"潘安"过来了,准确来说,是一看就知道被揍过的"潘安"。

三娘对小六子笑得一脸灿烂,小六子被吓得根本不敢进去,把人丢进去就跑了。

"你小子给我等着,不揍得你娘都不认识你,我跟你姓。"

其实这句话三娘经常说,但小六子是二当家捡回来的,没娘可以认识,自然也没爹可以取姓。

三娘皱着眉看着被丢进来的人,不知道被谁打了,脸有点红,眼角好像有点肿,不过还是挺好看的,就是狼狈了些,衣服还是自己给换的,月白色的外衣被踩了几个乌黑的脚印,变得灰扑扑的,再看看这委屈的样子,他怕是被群殴了吧。

这人长得俊俏,特别是一双眼睛有些向上挑,端的是风流多情,平时看就有几分桀骜不驯的样子,但他自醒了就老是一张笑脸,现在被打得有点狠,眼角都有些破相,笑也不端着了,气势也垮了,活像被恶婆婆欺负了的小媳妇,三娘看着倒是有点好笑。

三娘默默地在心里笑了一会儿,想去戳戳地上的人问问他是不是被打傻了,就见他极其缓慢地爬了起来,整理了一下凌乱不堪的头发和衣服,竟向三娘低头行了个半礼:"不知三娘不能饮酒,今日是在下冒犯了,不知怎么做才能弥补一二,'潘安'定万死不辞。"神情庄严丝毫不见玩笑之意,三娘倒被这知书达理的样子弄得有些局促,生出了几分心虚。

"没事没事,今天就喝了几杯,也没什么大不了,也是我的主意,还连累你被他们……"三娘把执意道歉的"潘安"拉了起来,发现这人是跟寨子里其他人不一样,甚至跟她遇到的所有人都不一样。

任何一个失忆的人都不可能有他这份气度,在一个土匪窝醒来,他丝毫不见慌乱,坦然自若地接受了自己的身份,甚至是那些明显一

听就很假的故事。他真的就好像把自己当成了潘安,努力地用这些虚假的回忆去拼凑出一个曾经。还有,这个人刚开始醒过来习惯性的动作不是皱眉或者呼喊,而是微笑,三娘甚至有点怀疑他的记忆是不是根本就没有丧失。只是,他若没有失忆,二叔又为何放心地把他丢过来呢?难道是……三娘暗自摇摇头,应该不是她想的这样。

"你昏迷时顾爷爷为你把过脉,他说你脉象沉实,像是习武之人,可你怎么被他们……"三娘原本想说"欺凌成了这个熊样",后来生生改口成"以多欺少了呢"。或许是改得太生硬,"潘安"的脸色并未好看一点,反而更差了几分。

"难道你不会用?"三娘有点不解,没听说失忆还会把武功都丢了的呀。要知道习得一身武力,天分不可少,最重要的还是勤学苦练,三九三伏不可懈怠,所以,就算忘记了一切,也不应该忘记那些每日重复无数次的招式。因为它们已经刻在了潜意识里,成了习惯性的动作,或者说本能。

"我内力用不了了。""潘安"极其平淡地说了一句,而后看向三娘说,"陈二叔说你因为今日喝了酒,等下会如同蚀骨割心一般?"

三娘明白,他的内力定是被顾老爷子用药压了下来。不知怎的,三娘恍惚间在他眼里看到了些难过,当然,更多的是自责。

"怎么会?二叔骗你的啦,就是有点难受,谁喝多了不得吐啊,就因为这个你就站着让他们打啊。"三娘有些不敢看他的眼神,就干脆凑了过去看了看他的伤。

"本来就是我的错,这是应受的,就是不知你会如何发作?""潘安"感受到三娘一下子凑到面前,还对他摸来摸去,脸一红,感觉略不自在。

"唉,小事儿,顾爷爷应该在熬药,喝了就好了。"只是那个药有点难熬,药材怕是有点难备齐,送过来怕是有点晚。

很快,三娘就知道这药不是有点晚,是晚大发了。她靠坐在屋里的石床上,努力压制纷乱的内息,五脏六腑被四处乱窜的内力扰得如同在身体里翻江倒海一般,折腾得她如同刀割一般,恨不得晕死过去,偏又不能晕过去,只能咬破舌尖硬抗这一道道四处奔散的内力,还要保持一点清明与之抗衡。三娘不停地告诉自己一定不能松懈,否则全身内息都会被那内力带得四处乱转,又出不来,到时候就算还有命也一定会武功尽失。

"潘安"死死盯着三娘,不消一刻,床上的人已经虚汗淋漓,浸透了衣衫。三娘狠狠地咬着嘴唇,似在忍受着非人的痛苦,一向飞扬的眉眼也狠狠地皱着,没有笑意,只有巨大的痛苦在肆虐着床上的人。

又过了一刻,似乎药效已经发作,三娘才慢慢地把所有作乱的内息收拢安抚下去,就像死过一次一般。三娘虽然这时候一点都不想动弹,却也知道屋子里一定有一堆人等着她睁眼。

不料一睁眼,就撞进了一双浓墨重彩的眸子里,情绪实在是有些复杂,三娘只看了一眼便移开了,看向二当家他们,示意自己已并无

·029·

大碍。

陈二当家、顾三当家、吴婶、顾老爷子、小六子、阿旺,连顾轩都守在屋子里,小小的手紧拽着衣角,眼眶湿润着却不敢哭出声。

陈二当家与顾老爷子对视片刻,两个人的脸色都十分难看,想不到这毒才发作四次,已经这般厉害。况且据"潘安"说三娘只喝了一口,怕是所有人都没料到会有如此严重的后果。

三娘就住在了后山的小屋子里,这屋外有顾老爷子种的药,有凝神安眠之效,那石床更是罕见的水寒玉,据说疗伤功效很好。

本来只有吴婶留下来照顾三娘,但"潘安"也执意要留下来。陈二白闻言深沉地看了"潘安"一眼,"潘安"与之对视,眼里一派坦然,于是,他就这样留了下来。

三娘睡了一整天,直到半夜才迷迷糊糊醒来,半眯着眼借着昏暗的烛火到处摸索找水喝,突然一杯水递到了嘴边,喝完后又满了一杯,她喝了大半壶才停下来。

这时,三娘才半睁着眼将人囫囵看清楚,她有些诧异,张了张嘴,发现嗓子嘶哑得厉害,说出来的声音煞是难听:"那,那个,你怎么会在这里?咳咳咳……"末了还带出一连串咳嗽,就像个漏风的葫芦丝。

"吴婶守了一天多,才睡下不久,我怕你醒了不方便就偷偷地进来了。"事实上,"潘安"也守了三娘一天多,再加上之前的伤,此时看上去也是疲惫不堪。

"哦。"三娘才醒,脑子还有些晕,又倒下睡了一会儿才爬起来,不解地问坐在床脚的"潘安","为什么啊?"

"此事毕竟因我而起,""潘安"想起三娘那时的模样仍有些后怕,"你不是我未婚妻吗?担心你不对吗?"

其实"潘安"也不知道自己为什么要执意留下来守着她,愧疚是有的,可他毕竟事前不知情,所谓不知者不怪罪,更何况他已经被陈二当家他们打过一顿了。自醒后这些日子,"潘安"其实也相当不安,只是他掩饰得很好,再加上三娘什么都给他编好了,虽然听起来不是很靠谱,但他至少也有个身份光明正大地留在寨子里。他也对自己被封住的内力有过疑惑,可他从未怀疑过三娘,他本意只是想从三娘这里得到更多的信息,不料,一次冒失的试探竟害得她……

只是,整个百花寨对他的态度真的很怪异,一方面他守着三娘是出于良心的不安,另一方面他认定寨子里如果有不愿意骗他的人,那个人一定会是三娘,他也说不上这是什么心思,只是有种熟悉感和莫名的信任。

他大概还不知道如果不是三娘骗他,他早就被陈二当家打包扔下山了,也不会惹出后面这么多事来,所以说三娘在作死这方面甚至是有得天独厚的天分。

"啊,是啊,但是二叔说我们还未成亲,不可过分亲昵。"三娘

看他说得一脸含情脉脉就莫名有点心虚，但还是努力摆出一副"都是二叔的错，我什么都不懂"的样子来。

"嗯，这次是特殊情况，以后都听你的好不好？""潘安"笑了。

"你不睡觉吗，你守了我多久啊？"三娘终于后知后觉发现了这个问题。

"我先陪你一会儿，你刚醒肯定睡不着，陪你说说话。""潘安"心想，夜深人静，这么好一个套话的机会不好好利用睡什么觉！

"好吧，你想知道什么，问完赶紧睡吧。"陈二当家早就告诉过三娘这个人没那么好糊弄，而且就三娘和小六子编故事的水平，想让人相信都有点困难。

"潘安"没料到三娘这么好说话，内心有些惊讶，不过他仍然觉得三娘应该不会再骗他了，至少不会扯些一眼就能戳穿的谎了。

"我真的是潘安，你未婚夫？"

"对啊，不信明儿个就带你回天龙寨成亲。"三娘回得斩钉截铁。

"那为何寨子里的人都对我有些疏远？"这句话其实问得很客气了，何止是疏远，除了在三娘的压力下来跟他打过招呼，顺带说一段他跟三娘青梅竹马的故事外，基本上没谁理过他，路上见到了不是绕过去，就是讳莫如深的样子。

"这个啊，因为我啊，我可是百花寨的大当家，毕竟你是我未婚夫嘛，将来我嫁给你了，百花寨不就是群龙无首了嘛，他们肯定恨你啊。更何况我平日对他们那么好,方圆百里简直找不出第二个了,他们哪舍得我嫁人啊!"三娘自诩"寨中一宝,老少皆爱",殊不知她这个大当家除了武力值高点,基本上没什么大用。

"嗯,说得也是!""潘安"心里咬牙切齿,面上却一片镇静,"为何不让我下山?"

"你忘了,你抢了钦差啊,虽然未遂,但好歹也是打了钦差的人,怎么能随随便便就出去溜达呢。万一被抓了怎么办,还要拖累咱们百花寨、天龙寨是不?"

"……""潘安"心说我确实忘了。

"哦,对了,你还失忆了,人都不认得,路也不记得,下去被人骗走了怎么办?山下面土匪强盗那么多,你武功又不行了。"三娘说得坦坦荡荡,言辞恳切,说完就想抽自己,哪壶不开提哪壶。

"我的内力是被顾爷爷封的?"现在的他虽然失忆,但是不傻,直觉自己是会武功的,哪怕不高也比现在好,现在他就像在街头表演胸口碎大石突然少穿了件软甲,时不时有种会被砸死的错觉。现在这个身体状态,也就跟山上砍柴的一个水平,说不定人家凭着技巧砍得还比他多。

"当然,不是啊!"差点就暴露了,三娘头有点大,这么问下去迟早出事儿。

"哎哟,我这头有点晕,快扶着我躺一会儿。"说着三娘就往旁边倒,很快就发出一种类似睡着的声音。

"……"他真想把刚刚那个觉得三娘不会骗他的人按回娘胎重生。

"最后一个问题,你会骗我吗?""潘安"突然有点胃疼,自己这是抽哪门子风?

三娘虽然装晕了,但还是保持着耳目灵敏,直觉告诉她,"潘安"一直在盯着她,目不转睛心情不佳的那种盯法,怕不是想蒙头盖脸打她一顿吧。

就在三娘惴惴不安想翻个身的时候,终于听到他的声音:"好,我知道了!"说得那叫一个咬牙切齿,愤愤不平,三娘甚至听到了他内心蹦出一连串不文明的词汇。

夜晚很快过去,清晨正是不冷不热的好时候,山上时不时飘来一阵阵清风,和着松针清冽的味道,闻起来很是醒神。

顾三当家带着大家伙儿在山前的空地上练武,顾轩小小的一团也被带了出来,正在一旁铆着劲扎马步,活脱脱一副生无可恋的小模样。脚步虚浮无力,握拳的手颤颤巍巍,跟羊角风似的,要不是半个时辰都没蹲上,大家一定会认为他被亲爹虐待大发了。

徐徐的风吹着花草树木,不经意拂过门上的锁环,发出些低沉的叩问,就像一双手温柔地摸上情人的双眼时发出的惊诧欣喜。

然而,屋子里的人却已经吵得上蹿下跳了,只见吴大娘右手稳稳地端着一碗药,一海碗,左手不停地去抓看起来宁死不从的三娘。

三娘一边手忙脚乱地跳来跳去,一边吵吵嚷嚷着:"婶婶,好婶婶,

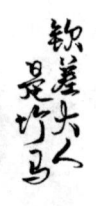

你先管管二叔啊,他今天召寨子里的人开大会,居然不让我去!你说这是什么道理?为什么不让我去,我什么身份啊!我是大当家啊!百花寨的第一把手,土匪头头,开会居然不叫上我!"说到这里,三娘突然觉得应该有种大当家的气势,于是单脚踩上板凳,手往桌子上一拍,然后顺利地被吴大娘往下一拽,"嚓嚓"两下就把人按凳子上压着强行灌药。

好巧不巧,"潘安"刚刚好捡完门口最后一根狗尾巴草,抬头就一眼看见了三娘被灌得要死不活的,估计还被呛了几口,泪眼汪汪的,看起来煞是解恨。他觉得自己的心情似乎又好了一些,至于其他的一些嘛……

"潘安"昨夜一气之下回房,又独自面向三娘的屋子气了半个时辰才不情不愿地睡了过去,于是一睡就睡到了日上三竿,百花齐放的时候。这个日上三竿,他预料到了,但是门口这些色彩斑斓个性十足的花花草草是哪儿来的?后来他就发现了,不知道是哪个缺德玩意儿在路上丢了一条路的花,从他门口开始,他的眼睛和火红的石榴花对了个正着,嫩黄色的花蕊中间还隐隐约约可以看到水滴,好嘛,一看就是大清早还没睡醒就被人端了老巢。他看了一下,绿油油的地上一排小红花直直地从他的房门口铺到了三娘的房门口,估摸着是花不够用,三娘门口极为敷衍地扔了几根毛茸茸的狗尾巴草,又绿又紫。

这番情景,来个傻子都知道谁做的,他脸色有点一言难尽的微妙,原则上来说他还在生气,但是从感情上来说,无论哪一个男的被这样

撩拨了一把，都应该有种无言泄气的感觉。

但是，他昨晚被气得有点狠，虽然心里已经有些原谅三娘了，但是他决定不表现出来，仍是冷着一张俊脸面无表情地看着三娘。

见三娘喝了药，吴大娘也不想待在这儿听她灌输"二当家要谋朝篡位逼大当家退位"的不靠谱段子，当机立断把"潘安"拉了进去，然后以迅雷不及掩耳之势关上了门，"啪嗒"上了锁。怕三娘继续出幺蛾子，吴大娘还特意留了两个人守着。

三娘略错愕，啥玩意儿，你们当真不拿我当大当家了啊。

"潘安"愣了愣："我……好像是无辜的。"

可惜，吴大娘看都没看屋子一眼，扭着腰就走了。

过了半晌，三娘对一脸无辜看着门的"潘安"同样无辜道："二叔要开个小会商量点事……那啥，花还不错吧？"

"潘安"转过来："多谢。不过不让你去议事，关我干吗？"

三娘有些犹豫地开口："我……"

"潘安"打断她："别费劲骗我了，我其实想起了一些东西，你就说吧，你们想干吗？"

"潘安"此时就像变了一个人，常笑的脸变得肃穆正经，眉目就像出鞘的剑一般锋利了起来，唇向上抿，显出几分不耐烦。

其实，他隐约记起了一些东西，脑海里有他带着一个红裙的小女孩满山遍野乱窜的模糊影子，更多的是一丝不苟的学堂、絮絮叨叨的

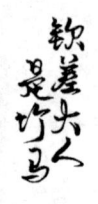

夫子,这些实在是不像一个土匪窝里的少当家会有的记忆。

三娘有些意外,微愣了一下,虽然已经料到了他之前的笑脸客气都有装的成分,但乍一见这人冷酷无情的一面,心里也有点不自在,有几分难过。

三娘有些不习惯,但很快便反应了过来,同样调整了下神情,变得严肃了起来,还换了个较为有气势的坐姿。

山前的百花寨大堂口里以二当家陈二白为首聚集了一帮弟兄,陈二白身旁是顾立安三当家、打劫善后的刘金旺、负责下山踩点的张易张宇兄弟、负责销赃的小机灵江隐以及他阿姐江鲤,还有刚刚进门的吴大娘,除了大当家寨子里管事的基本齐活了。小六子和其他跑腿的弟兄站得外面一些,只听见陈二白说:"那个小子留不得了,三娘的毒还从没叫外人知道过,只是……"

"只是二哥担心杀了他会有祸端。"顾三当家接了话。

"怕是不能随随便便杀了,三娘对他像是有几分意思,不过这丫头的毒,倒是又严重了,上次还只是昏睡了几天,吐了些血。"吴大娘是看着今日三娘去林子里掐的花,又见她都摆在了"潘安"的门口,那股耐心的劲儿还是头一回见。

"那小白脸儿有什么好?除了脸之外一无是处,三娘就跟她娘一个德行,看见脸好的就要去倒贴一把。"明显吴大娘的话触及了陈二当家某些不好的回忆,顿时炸了毛。

"那这么着如何，把人送到顾老爷子那里去看看有没有什么办法让他闭嘴，再想想办法看能不能通过他在官府那儿得到点什么消息，毕竟三娘的毒是官府那边搞出来的。"那小白脸儿带回来的包袱里面有一块牌子，非金非银，材质特殊，重要的是跟当年的钦差方玉衡身上的一模一样。

顾三当家顿了下，盯着陈二当家说："而且听顾遥传信回来说这几天山下面好像有大动作，不知道是不是跟寨子里的人有关系？"顾遥是顾老爷子当年捡回来的一个丫头，和顾立安一起养，养着养着就把女儿养成了儿媳，也算缘分。

众人有些惊讶，毕竟那小白脸儿在寨子里的几天都有人随时随地跟着，只有陈二当家和顾三当家暗中摇了摇头。

"那就先这样吧，老三辛苦一趟下山去探探消息，情况不对就把山下的弟兄们撤了。阿隐、阿鲤你们俩去一趟天龙寨，按前段日子潘寨主送来的信，潘安也回来了……"陈二当家沉着眉安排接下来的后续工作，"至于小六子你去找顾老爷子拿点东西，咦，小六子人呢？"

第四章 『百忧解』出了新配方

"你要把他弄傻吗,就跟知府的那个傻儿子一样?"
"当然不是,喂点顾爷爷改良后的百忧解,好像是枇杷味的,据说这次是真的配成功了。"

小六子自然是偷偷摸摸早跑了,这时他已经跑到了后山不远处关着三娘的小木屋了。

如果他没有看错的话,门是开着的,外面本应该站岗盯人的两个兄弟倒在门口,三娘和小白脸儿不知所终。

小六子心里一急飞奔了过去,结果在屋后的小路上发现了三娘,三娘正费劲地把一个东西往道上拖,他走近点看,被拖的东西就是那个"待宰的小白脸儿"。

"哎,你来得正好,过来搭把手,力还不够。"三娘还未完全恢复,放倒门口的两个就费了老大劲,现在看见了小六子一下子就手软不想动了。小六子觉得自己的担心有点多余,受伤了还这么猛,三娘估计是属牲口的。

"怎么回事啊,你干的?你干什么呢?"小六子一边帮着三娘扛人一边问。

"没事,这小子恢复了点记忆,又让我给打晕了。阿林、阿木他俩不让我带他出来,我就把他们给迷晕了,我们先带他去顾爷爷那里。"三娘十分肯定地点了点头,其实她能放倒三个人靠的全是偷袭,但是这个不能说,说了毁名声。

"去顾爷爷那儿干吗?二当家估摸着要杀这小子,还说他可能跟你身上的毒有点关系。"小六子赶紧把自己偷听到的告诉了三娘。

"我估计二叔也快忍不住了,那咱们搞快点。"三娘回道。

"你还没说去顾爷爷那里干吗呢,帮他恢复武功,然后放了?"小六子想着要是三娘说"是",他今天就造个反直接把人带去给二当家宰了。

"你怎么会这么想?"三娘用"你是不是傻了"的眼神看了小六子一眼,继续道,"给这小子喂点药,省得他整天想些乱七八糟的。"

小六子:"你要把他弄傻吗,就跟知府的那个傻儿子一样?"清溪镇知府有个傻儿子,十几岁了说话都不利落,出门就忘家。

"当然不是,喂点顾爷爷改良后的'百忧解',好像是枇杷味的,据说这次是真的配成功了。"

小六子:"……"你还敢信他!

不管信不信,他们都已经把人带到了顾书缃老爷子的院子里,顾轩一脸震惊地看着他俩,不,他们仨,缓了好一会儿才说:"爹爹刚刚回来了,不过现在已经走了,说要下山找娘亲,还说了寨子里没事做的人全都去找你们了,让我看见你们就跟二伯伯汇报去。"小孩子

眼睛睁得大大的，黑白分明的眸子里写满了幸灾乐祸。

"你信不信我把你床底下那些小玩具、小话本、小药瓶子都掏给你爹看啊。"三娘去捏他的脸，"别废话了小轩子，快点带我们去偷你爷爷的'百忧解'。"二人按照路上分的工，小六子去屋里拖住顾老爷子，三娘去药房偷东西。

此时，陈二当家也在后山屋子扑空后带着一群人正在赶来的路上。

药房里，三娘正在忙着翻箱倒柜地找药，"潘安"被拖在门口抵着门，脸上带着大大小小的瘀青，还有些在地上粘的泥，真是完全看不出当时在马背上的凛然风姿。此时软趴趴的样子也没有什么芝兰玉树的风范，也不知道三娘到底使了多大劲，这么一番折腾，这人愣是没一点反应。

"逍遥散？不是。回魂丹？也不是。这个？也不对。春日醉？这是个啥？"三娘一边快速翻着顾老爷子的药，一边把看得上的往袋子里揣，眼瞅着就快把两个架子都翻完了也不见"百忧解"的影子。三娘不禁有些焦灼，下手更是迅速，顾老爷子的药柜整齐排列着的各种稀奇古怪的药瓶被三娘扫荡得如同雁过拔毛一般，看起来十足的土匪风范。

"到底在哪儿呢？难不成没在这里？不应该啊。"三娘扫荡完又仔细检查了一遍，发现确实没有"百忧解"，顿时觉得有点胸闷，她猛地一拍桌子，打算出去来个硬抢！

先把顾轩那小东西绑了，不信他顾书绁不给药！

三娘也说不出来为什么一定要怎么做，但就是不想让这个小白脸儿下山，就是死也得等她让他死的时候才能死！

此时小六子正在顾老爷子的慧眼下心惊胆战地扯着瞎话："顾爷爷，我肚子疼才从义字堂跑出去的，去了趟茅房就发现大家都在找我，我想着先来你这儿治治肚子再回去，也省得待会儿再跑出去了。"

顾老爷子面有疑惑，半信半疑地开口："安儿刚刚回来说你去给三娘通风报信去了，三娘呢？下山了？"

小六子不料他一句话就戳到了最关键的部分，总不能直接说"没啦，没下山，在你家药房偷你药呢"，于是他当机立断捂住肚子开始叫："顾爷爷，你偏心，我肚子痛死了你也不给我看看，尽关心老大。"他一边叫一边低着头朝顾轩使眼色。

顾轩起初没有准确领会小六子眼里的复杂暗示，只当他演得太过抽了脸，顾轩只好默默地站在一旁生怕遭连累。

"得了，不要装模作样了，老实跟爷爷交代，你们到底要做什么？"顾老爷子看着他打滚的样子倒是饶有兴致。

"顾爷爷，你都没把脉你就说我是装的，你这叫污蔑啊。哎哟，疼死我了，小轩轩啊，你爷爷好偏心啊，就喜欢你三姐姐，我们的死活都没人管了。"小六子反正打定主意胡扯，于是说话越发不要脸，干脆乱号一气，还试图挤出几滴眼泪。

"你这浑小子从小到大都是这招敢不敢换个新鲜的！"顾老爷子

的斯文做派自从入了这百花寨就开始消失，若不是年岁大了，他大概还会亲自动手揍人。

"我倒要看看你今天要在我这里演哪出戏，小轩，去叫二当家，就说小六子和三娘都在爷爷这儿。"

小六子和顾轩大惊，对视一眼，他知道了？再一起摇摇头，我没说啊，我也没说啊，那他怎么知道的？

原本顾老爷子只是想说得严重些让陈二当家快点来，不过看他俩这个样子，那三娘多半也在了。

顾老爷子略一思索，抬脚要往屋外面迈，结果没迈动，低头一看，小六子如同一块狗皮膏药死死地粘在脚上，顾轩飞速向前跑去。

这架势，怕是要造反了！

然而小六子和顾轩拖得了顾老爷子，却拖不住陈二当家。陈二当家带着一帮子人火急火燎就往药房冲，小六子挡了一下，被一脚踹飞；顾轩张开双臂拦了一把，被掀飞到人群里。

带着人挡杀人佛挡杀佛气势汹汹的陈二当家正准备用一招武当山无影腿踹门时，门开了，三娘站在门口，小白脸儿躺在地上，三娘手里拿着一个空瓷瓶。

原来三娘刚拍完桌子就发现有些不对劲，桌子上面一张白宣龙飞凤舞写着三个大字"百忧解"，旁边一个墨蓝小瓷瓶抖了几抖险些掉下去，她连忙接住揭开闻了闻，嗯，枇杷味的，看来没错了，原来是配完还没来得及放上去，害她找了那么久。

这个时候，外面已经传来了小六子狗急跳墙的声音："老大啊，我挡不住啦！"

陈二当家气急败坏的声音也传了进来："她在里面干什么？那小子呢，你们藏哪儿去了？真是胆大包天了，要出去自立门户了是不是？"

其中还夹杂着顾老爷子急匆匆的叫声："三娘你个小王八蛋，小心着我的药啊。"

连顾轩那小子都要闹腾着凑个热闹："三姐姐，我也拦不住啦。"

第五章·这双手怕是要废

"你这个手怕是有些问题啊。"顾老爷子没忍住开了口。

"什么问题啊,不会废了吧?"三娘大惊。

"潘安"也有些紧张地盯着顾老爷子,连一旁生无可恋的老板娘都有些紧张。

"废什么,有我在能废吗?我是说啊,他这个手怕是今年走霉运吧,我活了这么多年还没见过今天火里明天刀下的手呢,这么巧的事咋都让你赶上了呢?"

风一阵一阵地吹过来,树叶一簇簇往左右微微荡漾,阳光一跳一跳地撞进人的怀里,三娘顺手在树上撸了把石榴花,一瘸一拐地进了门。

"老大,就等你了,快来坐。"她一进门,小六子就咋咋呼呼地把三娘往一个角落带。"潘安"正坐在那个角落看一封信笺,三娘不用看就知道那上面写了什么。

提亲的聘书!顾老爷子亲自执笔一挥而就,用潘安父亲潘星海的名义写了洋洋洒洒一大篇废话,重点就是让"潘安"暂时不要回天龙寨,娶了媳妇再回来。

半个月前三娘和小六子被二当家当场拿住,只是在他们到了顾老爷子的住处时,三娘这个从小没被收拾过的熊孩子已经连同经常被收拾的熊孩子小六子给小白脸儿喂了药。这个药是寨子里著名老大夫顾老爷子的绝技之一,"百忧解"又名"想失忆多久就失忆多久的灵丹妙药",至于多久恢复记忆,就要看年过古稀的顾老爷子什么时候能

想起"百忧解"解药的配方了。

陈二当家一听这事顿时火大准备不管不顾先把人宰了再说,后被吴大娘、顾老爷子、三娘、小六子一干人等劝住,至于原因嘛,吴大娘嘴上说的是"都这么大年纪了,一点都不稳重,成天喊打喊杀的,紫竹寨的铃铛据说过段日子要比武招亲呢",心里想的是,我三丫头好不容易看上个小子,可不能就这么没了。

顾老爷子则想的是这个药重新配出来还没有人试过,也不知道记错方子没,先观察两天看看。

至于其他人劝什么的都有,大多数是跟着小六子胡乱嚷嚷。

真正让陈二当家住手的不是钦差的身份,而是三娘的毒。这小子既然是官府的人,说不定知道些什么内情,留着也好打探消息。

气归气,陈二当家还是禁不住三娘和吴大娘一干女人的唠叨,同顾老爷子一合计,两个重出江湖的"斯文败类"干脆利落地定好了计,还编好了小白脸儿的故事。明显这一拨文化人编出来的故事比三娘和小六子两个小痞子扯出来的档次高了不止一点,又或许是顾老爷子的药确实配对了方,醒过来的小白脸儿顺顺当当相信了自己的新身份,飞快接受了在他身上发生的一切莫名其妙的事情。例如他身上的伤是和寨子里的兄弟比试拳脚时误伤的,他是来百花寨提亲的,还顺路抢了个钦差,不过在回来的路上中了官府埋伏,被下了毒还失了忆。

前几天百花寨突然收到消息说官府开始大肆打击官道附近的流

匪，甚至拔了几个新成立的匪窝。

百花寨收到了几个小寨子的求救信，三娘亲自带人去救匪并打探消息，发现官府不像是特意剿匪，而是在隐秘地寻找着什么人，而这人似乎和土匪有着什么联系。三娘立刻就想到了假潘安，连忙回寨子和众人商量对策。

陈二当家干脆心一横把三娘身上的毒说成了"潘安"身上的毒，还把"潘安"体内控制内力的药给解了，并且要求全寨上下统一口径，准备把"潘安"骗下山去寻解药，好好的一个钦差身份，不利用是傻子。

而这次二当家开会也经过了事先排演，主要目的就是要把"潘安"给骗住了，让他答应假冒钦差去官府寻解药。

这个时候把"潘安"放回去虽然冒险，却是三娘的一线生机。三娘体内的毒蛰伏了十几年，现在一次比一次发作得狠，顾老爷子想尽办法却只能勉强压制，无法根除。经过上次的事来看，三娘一旦碰了酒，连压制都有些困难。

三娘坐在"潘安"旁边，睁着眼睛一脸好奇地盯着那封信，就像从未看过似的。

"安哥哥，你在看什么呀？"小六子专门为三娘纠正了叫法，并坚决杜绝她叫"潘安""小白脸儿""那小子""喂，那个谁"等一系列称呼，三娘叫着叫着居然还习惯了。

她以前都叫小潘安"小胖子""小馒头""小安子"，现在换了

一张脸，居然就半屈半就喊上了"安哥哥"，不得不说，男色误人，人心不古，古今多少事，都被美色误了。

"嗯，是父亲来的信。""潘安"收起信，笑了笑，"你来了，腿好些了吗？"

三娘前几日下山救人伤了腿，还在休养阶段。

"这点小伤算不了什么，再养两天就全好了。"三娘说。

二人在小角落里偷偷说着话，那边二当家已经开始假模假样给大家说明情况了。

"我跟你讲，山脚下有家食肆，虽然看着简陋了点，里面的东西是真的不错，特别是老板娘做的松鼠鳜鱼和甜橙蒸蛋羹，真是想想都馋。我和小六子经常偷偷下山去吃，还想让老板娘跟我们一起来寨子里，结果把她那大胡子相公吓着了，一路把我们撵了老远，哈哈！"三娘一说吃的就来劲，丝毫没注意陈二当家瞥过来的眼神，直到陈二当家停了话，阴恻恻地往这边看。

"潘安"明显留了一只耳朵听外面，此时站起来把三娘往后挡了挡说："二当家客气了，此事本来就是我的事，只是要连累诸位为我奔波了。"

原来二当家已经把准备下山一探官府的事说了，"潘安"也同意前往，日子就定在了三日后。

只是这三日未到，却横生了变故。

原来那日三娘刚跟"潘安"提了那食肆,翌日便起了心思想吃山脚下那个老板娘做的松鼠鳜鱼和桂花蜜鸭,便带着"潘安"和小六子,还有早早等在了路口的小家伙顾轩一起偷偷地摸下了山。

"潘安"原是说他与小六子去买了上山来,毕竟三娘的腿脚还有些不便,但三娘以松鼠鳜鱼一定要吃新鲜出锅浇汁的、那桂花鸭带回来怕是桂花香都散了为由身残志坚地亲自下了山。

结果这一下去就遇上了事。

四人还未走近那家小店,只听得一阵喧哗声,之后便有十几个人持刀冲了出来,四人只得躲在树后暂避,待那十几人上马走后,紧接着便看到了滚滚浓烟从小店里涌了出来。此时风吹得正好,怕是不到片刻这间简陋的店连同里面的东西都要被烧成灰。

三娘和小六子跟这家店的老板娘有些交情,此时有些着急,三娘因腿脚不利索跑得慢,只能看着小六子和"潘安"朝着火那处冲了过去。

二人身后传来三娘的声音:"先救人,若是救不了就看看厨房有没有什么好菜带点出来!"

顾轩默默地跟着三娘,不知是不是眼花,他看到那二人脚步略有些迟钝,随即又快了起来。

"潘安"、小六子二人冲进店里,只看见桌椅板凳一片狼藉,碗碟碎片到处都是,一个有些胖的大叔倒在柜台前,衣裳血迹斑斑,腹部一片血红,旁边还有一把断刀,卷了刃,他的手掌紧握成拳,看起来死前还在与人争抢什么东西。

小六子一进来就认出这是这家店的胖老板，大叫一声便往后厨奔去，浓烟从那屋冒出来，火红的一片倒显得有些黑，浓烟开始让人喘气有些困难，"潘安"只得脱了外衣沁湿了水捂住口鼻。

"潘安"进去时，只见大火肆意舔舐着屋子，房梁已经塌斜，四处都是翻滚的火舌和烟雾，他听见小六子喊了两声，循着声音摸索过去发现小六子背了一个人，应该是还活着只是昏迷了的老板娘，他们被砸下的大梁木卡在了一角。

此时去拿水已经来不及了，况且杯水车薪也是无济于事。

"潘安"来不及细想，直接用浸湿的外衣裹住手强行把木头移开。衣服贴上的一瞬间水就被烧干了，纵使"潘安"动作再快也能感受到自己手的温度极速上升，再一寸寸干透，仿佛从骨子里开始燃烧，他甚至觉得自己听到了皮肉被烧焦的声音。

"啊，快出去！""潘安"大叫一声，双手紧握横木用力甩开，小六子背着老板娘冲了出来，二人急忙避过纷纷落下的被烧焦的木头，跑了出去。

两人出去后发现三娘正在与两个黑衣服的人缠斗，用的应该是从对方手里夺来的剑，按照三娘的功夫解决这两人本来是小菜一碟，但巧了，她如今是个瘸子，又没拿到称手的家伙，打起来反而躲躲闪闪有些不敌。况且那边还有一个没用的顾轩，平时功夫练得稀稀松松，关键时候还让人一脚给踢飞了。

四人下山本是为饱吃一顿,自然也没有带上打打杀杀的家伙,不料遇到了这等麻烦事。

"老大,我来帮你。"小六子一出来看见三娘处于弱势就要往上冲,奈何他身上还背了个人,于是就落后了"潘安"一步,眼睁睁看着"潘安"上去大显神威三下五除二就将那两个黑衣鼠辈打跑了。

一番下来几人都伤得不轻,尤其是"潘安"的手和三娘的腿,二人一个徒手拔火木,一个单腿斗毛贼,真是身残志坚,勇气可嘉。

小六子背着人一言难尽地看着顾轩扶着瘸腿的三娘和垂着手的"潘安",二人在回去的路上还不忘互相关怀一番,顺便显摆战绩。

"厉害啊,安哥哥,那么烫的木头都不怕,佩服佩服。"三娘说。

"哪里,还是你厉害些,受着伤都能打两个,三娘武功高强,在下佩服。""潘安"说。

"还是你强些,要不是你,我和老板娘说不定都要交待在这儿了。"三娘坚定地说。

"没有啊,若不是你……"

小六子背着人爬山如履平地,健步如飞,转眼就甩了他们一个弯路。

呸,真不要脸,人是他救的吗?现在谁背着呢,只是没想到这个小白脸儿打架还不菜。

回到山上寨子里,三娘和小六子很自然地把锅让给了顾轩背。

"都是小轩子,吵着要去吃桂花糕,要不我们怎么会下山呢?"三娘说。

听说他们带了个厨娘回来的吴大娘感觉自己的地位受到了威胁,于是急匆匆赶来,桂花糕,难道我不会吗?还要特地跑下山,一个眼神杀向缩在一角的顾轩。

"嗯,他还要把老板娘带回来,说以后想吃就有现成的,还不用排队吃。"小六子也开始为自己洗白。

吴大娘:"咳!"

"对啊,小轩子功夫练得不咋样儿,脑筋倒是转得很快嘛。"三娘接上,她可能短时间内忘不了在她需要同伴支持的时候,顾轩是怎样被人一脚踹飞然后再没爬起来的。

"老大,你辛苦啦!三当家是该好好教教这小子了,功夫不行就算了,喊他止个血、正个腿、消个肿都弄不好。"小六子说。

本来"潘安"有点看不过想声援顾轩一下,他都准备开口了,听到小六子这句话后果断闭嘴。

几人在山下的时候,三娘叫顾轩先处理一下几人的伤,特别是"潘安"的手,一大串的水泡肿得厉害,结果那小子磨蹭半天来了句:"我忘了带药了,路边的草药不认识不敢乱用。"

顾轩向左看看他爹,凶!再看看他爷爷,嫌弃!向右看看吴大娘,一脸幽怨似要吃人!旁边的二当家则是一脸"我就知道你也不是个省油的灯的表情"，再看看前面的几个伤患，他感受到了这个世界满满的恶意。

顾轩默默地在心里委屈，想哭还不敢，为啥？这个时候哭肯定要被揍。

顾老爷子手脚利落地为几个人处理了伤口，"潘安"的手当时没有应急处理有些麻烦，用了几次药，又敷又泡的，最后用轻纱给包了下，看起来红红紫紫的煞是有趣，只是接下来一段时间有些不方便。

三娘的腿本来快要痊愈了，结果这一折腾伤口直接裂开了，好歹没伤着筋骨，顾老爷子让她好好躺着养几天。

只是陈二当家对"潘安"的武功颇有兴趣，送三娘回去的路上问了一番。

"你确定他的武功不在你之下？"

"也不确定吧，反正比小六子要高不少，跟我应该差不多，还不知道他善用什么兵器。"三娘思索了当时"潘安"用过的几个招式，干净利落，招招有用，似乎用了某些巧劲。

陈二当家有些为难，小六子的功夫不算特别高，却也是寨子里的好手了。三娘这些年在寨子里的同辈中已经称霸了，几个辈分高的没认真打过，不过还真不一定打得过她。这随便捡的小白脸儿，武功这么高？

"他好歹是个钦差，官那么大，功夫不差也说得过去吧。"三娘

有些犹豫地开口。

"你知道个什么，当年的钦差方玉衡不就是个绣花枕头吗？要不是你娘，他早死八百回了……"陈二当家越说越气，差点把三娘拽到地上去。

"哎哟，二叔，慢点慢点。"三娘单脚艰难地保持着平衡，对着陈二当家说，"他不是绣花枕头，他是我爹，我娘死前让我认的。"

"算了，不提这个了。你和那个小白脸儿一个手残一个腿瘸还怎么去探官府，我看你一点都不拿自己当回事儿。"陈二当家很忧虑，自己好好的一个计划难道又要夭折？自从遇上那小白脸儿，他的事就没得一件顺利过。

"对了，阿隐、阿鲤半个月前就去了天龙寨，按说早该回来了，也不见个信儿。"陈二当家担忧地说道。

"阿鲤姐姐那么聪明不会有事的，大概是遇上了官府他们躲了几天吧，以前不是也有过吗？"三娘宽慰陈二当家。

"唉，是啊，就是总觉着不放心。"陈二当家皱着眉扶着三娘，避免了她继续金鸡独立的痛苦，"都是让你给气的，要不是你抢的这玩意儿，能有这些事！"

这就有些不讲理了，三娘在心里默默反驳。她抢了钦差明明是拖延了官府剿匪的进度，至于其他事，还真跟"潘安"关系不大，比如这次他就是被连累的那个。

那个昏迷的老板娘已经醒了，大家也不敢拿胖老板刺激她，只是说这里是百花寨，她愿意的话可以留下来，这里虽然是土匪窝，但都不是什么大恶之人，还是很安全的。

可醒过来的老板娘似乎对周围没什么察觉，只是呆坐着，一坐就是一晚上。吴大娘不放心，把人放在自己屋里在旁陪着，一边做衣服，一边小心地劝慰着。

"妹子啊，天快亮了，饿了吧？想吃啥姐去给你做，他们都说你的桂花糕做得好，姐就不献丑了，做个石榴花糕怎么样？还没吃过吧？"

天蒙蒙亮，夜色渐渐退去把一切重新交给光明，四野稀疏的草木声，树上的鸟叽叽喳喳，寨子里也有早起开始练功的。

吴大娘还是有点放心不下，刚好在厨房遇到了来找吃的三娘，就叫她去继续守着老板娘，自己则开始忙活着早饭。

结果三娘拖着条单腿刚蹦到门口，就听见"潘安"的声音："不要啊大姐，别！"随即传来一声惨叫。

三娘进门看见那个老板娘双手握着剪刀欲往心口捅，"潘安"手受了伤力气不够，抓不住老板娘的手干脆转而抓住剪刀的刃，看着白纱布上一片殷红，应该被剪导刺得不轻。

那老板娘见没死成反而伤了人就泄了气，颤抖着看着"潘安"的手，有些不知所措。

三娘急忙跳了过去，把剪刀扔开查看"潘安"的手，嘶，一条口

子还有点深，红色的血混着紫色的膏药看着就感觉疼。

顾老爷子表示自己从来没见过这么能折腾自己的伤患，昨天才好不容易包好，今天又出了问题，得，还是同一个地方。

"你这个手怕是有些问题啊。"顾老爷子没忍住开了口。

"什么问题啊，不会废了吧？"三娘大惊。

"潘安"也有些紧张地盯着顾老爷子，连一旁生无可恋的老板娘都有些紧张。

"废什么，有我在能废吗？我是说啊，他这个手怕是今年走霉运吧，我活了这么多年还没见过今天火里明天刀下的手呢，这么巧的事咋都让你赶上了呢？"顾老爷子饶有兴致。

"我……这不是情况紧急，想不了那么多嘛。""潘安"有些不好意思。

三娘则是想，不愧是钦差，文武双全，连思想都跟我们不是一个境界的，瞧瞧，多善良。

一番医治后，"潘安"的手彻底不能动了，连早饭都是三娘亲自喂的，虽然是小六子端来的。

陈二当家阻止晚了，只能眼不见心不烦地低头喝粥，这下探官府才是真的完了，这个死丫头都不知道着急，气人！

第六章 老板娘的神秘身份

"你说什么？二叔要去紫竹寨，他去干吗？"难道去当上门女婿？二当家心仪铃铛寨主也不是一天两天了，就是两个人都太忙了，至今还没有机会坐下让铃铛好好认识一下二当家。

吃过早饭后,老板娘突然说有要紧的事,要见寨子里管事的人,还指明要那个早上拦着她死的人一起来,于是二当家三当家先行一步,半残的大当家带着挡了人家寻死的"潘安"慢悠悠晃到了吴大娘的屋子外。

二人凑了个天残地缺觉得有些寂寞,于是靠在院门口嘀咕。

"哎,你说,她为啥非要去死啊,这不白救了吗?"三娘戳了戳"潘安"。

"大概,是因为情吧。""潘安"回想老板娘那决绝而悲凉的眼神,突然有点闷。

"怎么一个两个都这样啊,多没意思。若我死了丈夫,怎么着也得报了仇再去死吧,你觉得呢?"三娘撇嘴,若有所思。

"潘安"突然觉得这话有点不好接,按理说自己现在是她的未婚夫,还没有过门就要去死吗?

不过他看三娘的样子又不像在开玩笑,便想了想回答道:"有些人比较坚强能撑着去报仇，有些人却可能因此丧失了所有活下去的意志，就像天塌了一样吧。"

"不过你放心，我是不会让你知道我死了的，我会偷偷地躲起来死远点，这样你也不用报仇，也不用伤心。""潘安"觉得那个整天叽叽喳喳不停的姑娘安静下来还有些不习惯，有些说不出来的不痛快。

"哟，你倒是会给我省事啊，不错嘛安哥哥，我是真的看上你了。"三娘看着面前的人，一张俊脸，不粗犷不羸弱，儒雅中又带着点傲气，总是喜欢笑眯眯地看着人的眼睛此时写满了认真，格外勾人……

"'潘安'，答应我，留在百花寨好不好……"

三娘话还来不及说完，那厢二当家已经把门打开了，看着二人快凑到一起的样子，瞬间黑了脸，瞪了三娘一眼就急匆匆走了。

顾三当家也只简单交代了一下就走了。

原来老板娘不是一个简简单单的厨娘，她是紫竹寨的人，厌倦了土匪生活便下山开了家小店，顺带还能打探些消息。那些人不知是哪里来的，打探消息不成便杀人灭口，另外老板娘从他们谈话中得知官府针对各个寨子做了部署，就在最近应该会有大动作。

消息她早在那伙人动手前就传了出去，不过她不敢确定紫竹寨有没有收到，她躲在厨房里，眼睁睁看那些人杀了她丈夫，还一把火烧了他们的店。

"我把自己知道的已经跟两位当家说了，接下来我会先去替林郎

收敛尸骨,再同二当家一起回紫竹寨。二当家说得对,未能手刃仇人,林郎定泉下不得安宁。"不愧是一个寨子里的,陈二当家的想法和三娘的如出一辙。

"至于你,也算救了我,这个给你,紫竹寨上下任你差遣一次,不伤天害理,不违背道义。"老板娘将一块刻着字的紫竹片扔给了"潘安",便挥挥手示意没事了。

三娘有些缓不过来,一个上得厅堂下得厨房的小娘子这就变成了一个女土匪!而且看起来这个老板娘的身份在紫竹寨还不低,令牌说给就给,她都不敢这么随便!

不过,就算她还没有缓过来也注意到了另一个事:"你说什么?二叔要去紫竹寨,他去干吗?"难道去当上门女婿?二当家心仪铃铛寨主也不是一天两天了,就是两个人都太忙了,至今还没有机会坐下让铃铛好好认识一下二当家。

老板娘表示你们自己的问题自己去问,不要再来烦我了,我刚刚丧偶心情不好,你们离我远点。

三娘便拉着"潘安"去了义字堂,果然,陈二当家和顾三当家又在背着大当家开会。三娘觉得自己就像一个摆设,除了名号之外没有一分实权,委屈得想哭。

实际上是二当家觉得三娘现在走哪儿都要带着那个小白脸儿,说点什么做点什么都不方便,腿又废了打架也没多大用干脆让她脱离组

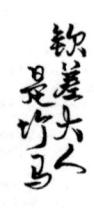

织自己玩去，只要看好那个小白脸儿就好。

而寨子里其他人一向是遵从在小事上大当家做主，在大事上唯陈二当家、顾三当家马首是瞻，从未例外。

三娘就远远地看了一眼也没往里凑，随后和"潘安"去了后山。

"唉，那个胖老板……"三娘想说其实那个胖老板她见过好多次，凶得很，脾气不好，是个不注意就会燃的性子，经常故意给客人算错钱，是个欺软怕硬的好手。可是那又怎么样呢？他对老板娘是真的好，哪怕在一个穷乡僻壤的山脚，他也经常偷偷地给老板娘买花簪，买玉镯子，想尽了办法让她高兴。

"怎么了？""潘安"侧过身来看她。这人总是这样，说话的时候要盯着人的眼睛。

"那个老板脾气特别不好，老板娘脾气更不好，我和小六子经常说要不是他们菜做得好一定会被揍得很惨。我们还说等哪个时候就把老板娘抢回寨子里，想不到竟然会这样，你说我是不是神仙一说一个准？"三娘苦笑着说。

"跟你没关系的。""潘安"突然想抱住她，不知道那样的话她脸上难看的笑会不会变成其他的表情，他竟情不自禁地伸出了手。

三娘从来没有被人这样抱过，"潘安"的手架在她的肩头，明明受伤了的手没有支撑力会很重，她却觉得很轻、很柔，他的脸侧在一旁与她的鬓发擦过，不自然的呼吸就在离耳边很近的地方，仿佛她只要一侧过脸就可以捕捉到。

一个很奇怪的姿势，一个很怪异的人。她隐约感受到了一种情绪在心里翻腾，原以为会自然消散，不料却越来越急，让她憋得难受。

她属于这里，属于这百里大山中一个小寨子里，生来就是一个小土匪，刀枪剑戟都摸过，打架斗殴坑蒙拐骗威胁人这些事她熟得很，却不懂什么云里雾里的人心和感情，反正对她好的就是好，不好的也不会有太多的交集，从小在一圈没什么文化的人身边也长大了。

可"潘安"不一样啊，他若真是潘星海的儿子天龙寨的少当家也就罢了，土匪头子配土匪头子，谁说不是天生一对。

可他不是啊！

京都里面从小听"四书""五经"文韬武略养出来的贵公子哥儿，一言一行都透着与这里的格格不入，明明生气却还要故作斯文的模样，明明就是假话也能说得那么真。突然间，三娘有点慌，这是一种从未有过的心悸，从骨髓里慢慢地渗透出来，一点点麻痹人的神经，下一步说不定就会让人为之神魂颠倒，不知对错。

她不知道这是什么，但是，与平日她胡作非为惹了事或者一意孤行抢了人完全不同，这是一种渐行渐远的失去。

二当家雷厉风行，草草安排一番，当天下午就走了，虽然大家都觉得他是上赶着去入赘的。

留下来主持大局的顾三当家显然有些忙，百花寨其他人显然也有

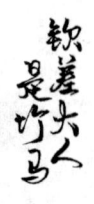

些忙，明明不是打劫的旺季，却很忙。

一队又一队人天天下山上山，采购物资，打探消息，连早晨的演练武功都停了。当然，顾轩除外，自从上次那件事后，他爹每日不亮就把他拖出来操练，下午就去顾老爷子那里学医，可谓一天天过得相当惨了。

哪怕顾三当家忙起来了没空亲自守着，他也没有忘记他那不成器的儿子，还把寨子里最清闲的两个人安排了过来守着他。于是，每天清晨下山的兄弟就看到三娘跟"潘安"驯猴子似的玩顾轩。

两人一手残一瘸子配合起来欺负人，还挺理所当然。按照三娘的说法——"我不用腿，你能绕过我去拿到我身后的花球就算你赢，你潘哥哥不用手，你能在他面前走出那个圈子也算。"

跟三娘比招式，跟"潘安"比身法，顾轩刚开始还觉得挺好玩，不过现在他只想让他爹回来，比不过还要去山后背石榴，一次一炷香，小六子抽空看了眼说就跟遛狗似的，真是个小可怜……

不过顾轩惨是惨了点，效果还是不错的，武功勉勉强强有了点样子，至少能让人看出来他是在练功而不是瞎玩了。顾老爷子那本《草药大全》虽然他还没有背完，至少也能配点迷魂香和追踪散了。

三娘一边"遛"着顾轩，一边隐隐有些着急，最近也太紧张了。

在一个下午，三娘刚睡了午觉起来带着"潘安"遛圈子，二人正准备去后山弄点石榴做蒸糕，还没出发，就看到去入赘的二当家回来

了，带着前不久消失的江隐和江鲤姐弟。

陈二当家一回来还没来得及休整，就借口支开了三娘身边的"潘安"，让三娘去后院。三娘急匆匆赶过去，发现陈二当家和江鲤、江隐活像逃荒回来的一样，正狼吞虎咽吃着一盘馒头，连水都顾不上喝，顾三当家在旁边一脸严肃。

三娘挑了个地坐下歇了一会儿，腿刚好，走的时候没感觉，跑急了有些抽筋。

陈二当家又迅速解决了几个馒头灌了碗水，顿了顿才开口："事情有点多，三娘我问你，那小子真没问题？"

"没有啊，我一直盯着他，除了睡觉他都跟我在一起呢，是山下出事了？"三娘问。

"立安，寨子里怎么样？查出来了吗？"陈二当家又问顾三当家。

"没有，看起来没有人有问题，如果不是那小子的话，暂时也没发现其他人。"顾三当家皱着眉回答。

"什么情况，二叔，你们怀疑有钉子？"三娘问。

"只是有可能，上次阿鲤他们下山就发现不对劲了，一下去就着了道，躲了大半个月都没躲掉。我这次下山也是，一堆人蹲在路上等着呢。如果没钉子，那就是官府确实来了个有脑子的人了。"二当家看着三娘。

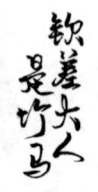

"'潘安'看着确实像个有脑子的，但应该不是他，他没时间，

再说顾爷爷的药不是挺有用的吗？"三娘肯定地说。

"三娘，天龙寨联系不上了，阿鲤他们下山后就遇到了追杀，等缓过来的时候，天龙寨的路已经被封了。"陈二当家叹了口气接着说，"而且像天龙寨这种情况的还不是少数，附近好多个大寨子都被围了，咱们是后来换的地方没多少人知道，要不也差不多了。"

"紫竹寨情况怎么样？"顾三当家问了句。

"我赶过去的时候还没有出事，但第二天就被围了，也不打就是围着，也不知道要干什么。要不是铃铛送我走的小路，肯定要被抓个正着。"陈二当家翘着山羊胡说。

三娘虽然觉得在这场合走神不怎么好，但她还是抽空想了想二叔一脸娇弱地看着十里八寨都闻名的泼辣寨主，厚着脸皮让人家送的情形，还是打了个战。

"二叔，那潘叔叔他不会有事吧？"三娘有些紧张，十里八寨著名土匪头子潘星海早年时候太过勇猛，留下的宿疾颇多。

"还不清楚，你亲自下山去看看，你知道那附近的小路，看看能不能抄小路上去探探。"三娘小时候是在天龙寨养的，淘气得很，漫山遍野地蹿，难免知道点特殊的路。

"嗯，好，我明天早上就走，带上小六子就好了。"三娘说。

"不可，你多带点人，官府围了大寨子没动不代表他们没动其他的，你下去的时候注意点，看得过去的就帮一把。别惹事，随便探探消息，我怀疑官府找的人不是寨子里的那个小白脸儿。"陈二当家说。

"行吧。"三娘应下。

"官府哪来的那么多兵力,钦差带来的?他们是想平匪,还是招安?"顾三当家接着问。

三娘和陈二当家对视一眼,不对啊,她抢的钦差明明是单枪匹马除了印章和令牌啥都没有啊,一个很诧异的想法从二人心里冒出来。

不会吧!抢错了人!

"不是,兵是从顺边府那边调的,一个月前就调过来了,据说钦差是私下来的,没带什么人。"江鲤插了句话,回答了一个大问题。

三娘和陈二当家同时松了口气,太吓人了!

"哟,厉害啊,这是下血本了要弄掉我们啊,边防兵都敢调过来。"三娘觉得挺稀奇。十来年官匪之间一直都是小打小闹,他们不害人官府也不怎么管,但他们也不敢太放肆。其中一个重要原因就是因为云岭山脉往南的顺边府驻扎着数万精兵,对外防外族入侵,对内还能镇着点这群山匪。

"那就麻烦了,立安你把最近打探的消息给我说一下,我们再试着联系一下附近的寨子,确保这里的安全。"陈二当家听说驻兵是顺边府的也没有多大意外,思量片刻便和顾三当家说着其他的事。

"好,等会儿我把东西拿给你。阿鲤也跟我来,还有事要你去做。"顾三当家说着站了起来,准备回去拿东西。

"行吧。"陈二当家也跟着走了。

"行，我先去换个衣服，这一身几天没换都快馊了。"阿鲤拖着她弟弟也出去了。

三娘待了片刻，叹了口气也出去了，还要收拾东西啊，多久没去过天龙寨了，大概有好几年了吧……

三娘刚刚出了后院，就看见"潘安"带着顾轩在帮吴大娘剥石榴，他手还没有恢复，不过已经开始结痂，左手掌心的一条印子还横亘在手上，有点难看。顾老爷子让他多活动活动，但没说已经可以接触硬的东西了。三娘皱着眉走过去想让他别弄了，结果过去才发现他确实没有弄，他就那样蹲在地上看着顾轩用刀划石榴，蹲得很潇洒，看得很认真，好像这是个很稀奇的玩意儿。

三娘才记起来，这个人是没有记忆的，她抢上山来，用了不光明的手段将他强留下来的，她甚至不知道他的名字，不知道他的一切过去。他也不知道，只能相信她和百花寨为他编造的过去。

"潘安"抬起头笑着看向三娘，他半张脸被镀上了暖色的阳光，另半张脸藏在模糊的影子里透出模糊的轮廓。三娘不禁想，他总是这样笑着吗？

就像话本里私自下凡的天神偷了天上的云彩编成花环递给心仪的情人，"潘安"的掌心托着一朵明媚的红色花朵，天神把七彩的花环给娇羞的女子戴上，而他只能托着那朵不易寻到的石榴花望着那个姑娘，因为他有些不敢……

自他醒过来就一直跟着他的那个姑娘，如丹若花一般明媚张扬的脸，大大咧咧的性子，爱惹事、爱吵架、打架也厉害，总是可以从她的脸上看到各种各样奇怪的表情，有时候是故意逗你玩，有时候却又那么认真，他想，这就是他的未婚妻吗？挺好的。

可他知道，他名义上的未婚妻好像有事瞒着他，百花寨也有事瞒着他，应该与他的记忆有关。他努力地回忆过去，想得头痛欲裂，却仍是一片空白，每次这个时候三娘就会细心安慰他说她并不在意，可他能感觉到三娘对他的记忆很在乎。

所以，他甚至有些不敢在未想起往事前拥抱一下她，不敢为她戴一朵花，因为他不知道那个被忘记的自己有没有做过同样的事。

若是三娘知道他想的居然是这个怕是要笑岔气，无论是小胖子潘安，还是以前的钦差谁敢没事乱抱她，还插花，她像是喜欢戴朵花到处晃的人吗！明显找揍吗不是！

此时，两个人各想各的居然也能合在一起，也算一种本事吧！

结果没等到第二天，当天半夜三娘就带着小六子、江隐和寨子里其他几个比较机灵的小伙子一起下山了。

这次下山二当家让他们隐蔽点，最好连寨子里的人都不要惊动，二当家说越少人知道就越安全。

山间的夜风还很凉，带着些许凛冽，刮得脸生疼，马蹄飞快踏过山路,惊起一群群已经歇息的鸟兽。

"潘安"睡得有些不安稳,白日里的事反反复复、断断续续出现在梦里,他搂了三娘的肩,为她戴上了开得最好的一朵花。眼前一片绯红的小径,他望着光影深处的少女,笑着跑得越来越远,他想追上去,发现自己找不到路,周围都是荒废的小路,通向一处又一处黑暗的深渊。他反复在梦里挣扎,一次次跳进深渊又看见花影重重处笑得明媚的姑娘……

第七章
百花寨小霸王重出江湖

他俩以前经常干这个事，小六子先过去闹点事，把人都搅散了，三娘就趁机过去买点东西走人。一般这个时候人们的注意力都在小六子身上，也没有人管个插队的，况且三娘看上去也是一脸凶相不是善茬，老板有时候钱都不收就想让他们快点走。

第二日，二当家回来了的事在寨子里已经尽人皆知，"潘安"被顾轩拉着来到了义字堂说是陈二当家、顾三当家找他。

他到的时候义字堂已经有些人了，有他认识的陈二白二当家、顾立安三当家、吴大娘，还有几个看起来很利落的中年男子，连顾老爷子也在。顾老爷子身后是一个他从未见过的黑衣女子，干净利落的一身劲装，在他打量她时也看向他，两人的目光都有几分审视几分严肃，随即两相错开了。

"潘安"与众人见礼打过招呼后便看向二当家："不知二叔找我何事？"

他看了周围一圈，发现没有三娘的影子。

"是有些事情，大家都先听一下。"陈二当家摆摆手示意大家围过来。顾三当家拿出一张油纸地图，上面仔细绘着云岭山脉，特别是清溪周围这一片，群山重叠，远近高低，错落有致，一条官道用红色线条标出，显得格外明显，靠着官道的数座山有些用黑色小点标出，

表示山中有匪，有时几座山没有一个小点，有时一座山却有两三个小点，其中像紫竹寨、天龙寨、望山门、百花寨这些大寨子都标了名字，还有几个闻名已久却不知确切地方的寨子也标了大致位置。

顾三当家向众人介绍道："我们百花寨离清溪镇较远，藏在群山当中，周围也没有别的大寨子，所以是不容易被官府发现的，但是也不敢太过自负，我和二当家商量了一下，决定找诸位来一起拿个主意。"

说到这里，顾三当家停了下来，看向周围的人，大家都一脸严肃，正在思虑。

"潘安"听到这里已经明白了几分顾三当家的意思，只是这官匪之间为敌几百年，从未有过消停，此次官府来势汹汹继续避让怕是反而不利，与之正面交锋又难以抗衡，依着百花寨的地理位置躲的话倒是一时半会儿难以发现，所以这躲还是打确实是个难事。可是，三娘怎么不在呢，她好歹也是大当家啊，这么关键的时候去了哪儿呢？

"贤侄，不知有何高见？"

"潘安"突然抬头，原来二当家已经叫了他两次，他脑子里原本有些看法，但是被一惊只剩下了一个问题："三娘去了哪里，小六子怎么也不见人？"这个自然是不能说的，于是他一本正经地回答二当家："有点不成熟的看法，但我想先听听各位的高见不知可否？"

陈二当家本来也没有准备让他说，只是看他一脸严肃皱着眉看图有点不爽，这时便看向顾老爷子身后的那个女子："阿鲤，你说说看。"

江鲤本来还在想其他的事，此时也不见胆怯，略微思量了一下便开口："我认为当务之急是探听清楚官府的动向，他们若只是想打几个寨子表表功那还轮不到咱们，我们自然可以不必慌张；他们若是铁了心要把这十里长山的土匪窝都灭了，怕是有些困难。无论哪一种我们都可以见机行事，真打起来，我们未必占得了便宜。"

"潘安"听闻不禁多看了她两眼，他听三娘说过江鲤的名字，据说她是负责寨子里与外界传消息的，前不久去了天龙寨传信。

"何以见得，官府那点斤两，我们还不知道吗？平时说起剿匪来一套一套的，打起来还没个炮仗响。"一个中年大汉立即接话道。

"潘安"看那人长得圆头圆脑的，像个番石榴。

"就是啊，鲤丫头，你是不是高看了那些人的实力啊。"他旁边的一个人也说话了，声音低沉嘶哑，脸上有道疤从眉毛横到额头上，看起来像是刀伤。

"方叔、赵叔有所不知，官府来了个钦差，钦差来之前调了顺边府的兵，虽然还不知确切的数量，但是也不能小看。"江鲤冲二人拱手解释道，还顺道看了一眼"潘安"。

"难怪，那群小子打不过就叫人，真是个孬蛋！"圆头圆脑的方磊叫嚷，十分看不起这种行为。

"原来是这样啊，前几日听说的虎头山和紫竹寨被围了起来，看来是真的了。"脸上有疤的赵斤若有所思。

"阿鲤说得没错，官府从顺边府调了人，形势比想象的危急。前两日紫竹寨山下有大量官兵驻扎，这时怕是已经找到了上山的路。但是奇怪的是，无论是紫竹寨还是虎头山，官府都是围着并没有下一步动作，看起来是要招安了。"陈二当家说完，有些忧虑紫竹寨的铃铛寨主，好不容易见了个面，又风尘仆仆地赶了回来，也不知道她那里情况如何。

"招安？不管你们怎么想的，反正我在百花寨活着一天，手下的小子们就别想。"方磊气愤道，声音突然高了起来。"潘安"忍不住仔细看了看他，发现他情绪激动，眼神却有些奇怪。

"老方，先别急，听听当家的怎么说。"赵斤虽然这么说着，眼里却也是写满了与方磊一样的意思。

"潘安"依然一副认真听的样子，心里却在想这百花寨与官府之间怕是有些大的过节，也可能是血海深仇。

"咳咳，听我说两句。"顾老爷子开口，"你们啊先别着急，招安这事搁在当年的百花寨自然是没有人会同意。只是如今百花寨好不容易安定了下来，也不能这么随随便便就把命拿去糟蹋。"

"老爷子说得是，依我看当年的事怕是没那么简单，丹若妹子死得莫名其妙，这笔账总得有人来还！"陈二当家说着，用力按了下桌子。

"潘安"越加疑惑，当年的事究竟是什么时候发生的？丹若是谁，在寨子里这么久从未听人提起过？这百花寨到底跟官府有着什么样的过往，而且按照这个情形讲和是不可能了，只能另做打算。而且，三娘还未出现,是下山了吗?

屋子里几个人争争吵吵一直拿不定主意,"潘安"着急想问三娘的去处,他总觉得三娘这次下山要做的事会很危险,不过也不好在此时贸然问出来,只得打断众人争执,说出自己的看法。

依照他的看法,官府此时围着大寨子可能是准备谈判招安,一边围着大的一边打小的,杀鸡儆猴,等着人主动投诚;也可能是在害怕,毕竟这些匪窝盘踞此地几十年,也算一窝地头蛇,要同时啃下来肯定是不行的。就怕这些寨子联手,本来就熟悉这山里的地势情况,再一联手,怕是顺边府的精兵一时半会儿也啃不下来,怎么的也要耗上几年。而边防的兵调得了一时,却不能长久待在清溪跟这些土匪纠缠下去。

他沉吟片刻,还是将心里的看法原原本本地说了出来。

"所以,当务之急是去联系其他的寨子合作抗敌,否则大家都等着被温水煮青蛙,一锅柴火我们就死透了。""潘安"说得很详细,不过大家的反应却并不好看。

首先反对他的就是江鲤:"不可能合作,这些寨子巴不得谁被灭了好吃独食呢,越大的矛盾越多,除非是咱们和天龙寨那种老大拜了把子的交情。但天龙寨现在……"

"说什么呢阿鲤!天龙寨离我们远着呢,要联手也不应该先找他们啊。"陈二当家打断了江鲤的话。

江鲤像是意识到了什么,便不再开口说话。

"小子,想得太简单了,你信不信我们去找望山门联手,还没到人家门口就被叶温拿刀撵出来了。当年抢生意,哪个没结过点梁子,还合作,不背后捅你刀子已经够义气了。"圆脸的方叔似乎被"潘安"的提议逗乐了,笑呵呵地拍他的肩。

其余人也是一脸相似的表情,就像"潘安"给他们讲了个笑话。"潘安"着实没有想到众土匪窝之间的竞争如此激烈。

"不过,大寨子困难,我们倒是可以招些小的,反正官府似乎看不上这些小寨子,正好给了我们一个机会。"顾三当家认真思考了一会儿说。

这次众人倒是没反对。江鲤把附近的小寨子还有一些流寇的位置和基本情况说了下,陈二当家给几个人分别交代了下,他们就各自去挑人准备出发了。

顾三当家带着顾轩扶着顾老爷子也出去了,临走前看了"潘安"很久,看得他心里有点发怵。

等到就剩下陈二当家的时候,"潘安"忍不住问了句:"二叔,三娘今日可是下山了?"

陈二当家抬头盯着"潘安",盯得他有些不自然,脸上有点发烫,在他快烧起来的时候,陈二当家说话了:"嗯。"

"潘安"突然不知道要问什么了,磨蹭半天又问了句:"她去做什么啊,有危险吗,什么时候回来啊?"他觉得自己有向结巴发展的趋势。

"去办点事,办完了就回来,也说不定玩一圈再回来,那死丫头说不准。"陈二当家觉得这小白脸儿还挺有意思,以前还知道戒备着人,现在怕是真傻了。

"哦,那……那她……""潘安"终于把自己纠结成了个结巴,不知所云。

二当家皱着眉看着他,仿佛看一个傻子,有些许同情。

"潘安"默默地转身,想要离开,走了两步又猛地回过头来,吓了正在处理事情的二当家一跳。

"二叔,我有办法让那些大寨子跟我们合作。"

陈二当家惊奇地看着他,山羊胡都翘了起来,想确定这句话是不是又是个笑话。

"真的,二叔,你听我说……"

被"潘安"惦记着的三娘其实早在昨天夜里就离开了百花寨。三娘带着小六子、江隐和其他三个小伙子昨天半夜三更一路飞奔下山,赶到清溪的城门时已经到了下午。在几个人特别是头天下午刚结束奔波回来的江隐的强烈要求下,几人就近找了个落脚的地方,匆匆用过饭后几人都回了房休息,准备晚上再出来活动。

三娘刚刚没怎么吃,躺在床上胃里空空的反而有些睡不着,翻来

覆去片刻，她果断爬起来，去隔壁把小六子叫了起来。小六子刚沾上床正迷迷糊糊地要睡着了，这时被吵了起来，愣是脾气都来不及发出来，瞪着双无神的眼就跟着三娘出了门，还差点撞门上。

三娘原本打算直接去隔壁的那条小吃街，随便溜达溜达找点小吃，结果临出门听店小二说城西那块儿新来了个卖荷叶糕的，还卖点荷花酥，每天一堆人在那儿排队，生意可好了，三娘自然想去尝尝。

她也没直接就过去，她和小六子先去临街的小摊子上吃了碗馄饨，又在路上买了些糖糕果仁拿在手上吃着，一路逛一路吃走到了城西那块儿。小二说的那家荷叶糕还挺好找，也没个店，就在桥上摆了个摊，来买糕点的人全都挤在桥上，过路的都找不着下脚的地。

小六子被"遛"了这么半天总算清醒了，蔫蔫地跟在三娘后面，想打又打不过，骂两句都要憋在心里，还要努力克制住不要一不留神就从嘴里漏了出来。

三娘大概吃糖糕吃得有些粘牙，又看了看桥上排着的队伍，准备先在附近找点喝的，不过看见一脸幽怨的小六子，她想了想还是先把东西买了吧，回去睡一觉也挺好的。

不过，这么多人，不想排队啊。三娘盯着小六子看了一会儿，小六子被她看得直甩头，不干！二当家下山就说了不能惹事，惹人注目也不行。

他俩以前经常干这个事，小六子先过去闹点事，把人都搅散了，三娘就趁机过去买点东西走人。一般这个时候人们的注意力都在小六子身上，也没有人管个插队的，况且三娘看上去也是一脸凶相不是善茬，老板有时候钱都不收就想让他们快点走。

三娘继续看着小六子，二人对视半晌，小六子想了想二当家，再看看三娘试着说了句："要不，我排队去，你先回去等着？"

三娘犹豫了片刻，"嗯"了一声也没回去，转身找了个茶棚坐下，毕竟荷叶糕这种东西要吃热乎的才香。

不过，她喝了碗凉茶后有点闲不住，那个荷叶糕的味直往这儿飘，勾人。隔壁桌上那个人就买了一份拿来当茶点，三娘瞧了眼，一层白的一层绿的，上面还撒了碎芝麻、花生，冒着热气看起来就挺诱人的。旁边还有份荷花酥，应该是用油炸过，花瓣一层一层开着，由白到粉，里面还有个枣泥的芯儿，用荷叶一包，看起来还真像朵花儿。勾人啊，三娘咽了咽口水，抬头打量坐在旁边的人。

穿一身灰扑扑的袍子，桌上搁了把折扇，看起来有些年头了。三娘瞧着那扇骨都被摸出了光泽，再看看脸，瞧着挺瘦弱的，像个落魄书生。三娘多盯了一会儿，确定了这人就是个手无缚鸡之力的读书人后，便走了过去。

"喂，大叔，这儿有人坐吗？"三娘一边问一边坐了下去，手上端着的碗往桌上一搁，直勾勾看着那人的糕点。

"唔，没有没有。"那人刚吃了一块荷叶糕，被三娘一吓忙灌了口凉茶才开口。

"哦，你这糕刚刚买的？味道怎么样啊？"三娘也不看他，继续

一个劲地盯着桌子上的糕点。

那人虽然有些蒙,但大概也是见过世面的,回味了片刻又拿了块看了看说道:"这家的荷叶糕用料讲究,制作精细,蒸的火候到位,所以吃起来啊甜粉适口,细腻爽滑,清香溢口,不错,是难得的佳品。不过,荷叶味略重了点,应该是直接加进去一起蒸的,没隔开。不过这地方能有人把这八宝荷叶糕和千层荷花酥做成这样,倒是让我吃惊。"

这大叔一番话差点没把三娘说蒙,不过也没影响她办正事儿,大叔一边说,她一边就直接上手吃了起来。大叔说得陶醉也没顾上她,回过头来看她一眼,三娘正捏着最后一块荷叶糕犹豫要不要给这大叔留着。

"你吃了吧,我看你看半天了,要不我给你讲讲它的做法吧。小姑娘要是真喜欢吃还能回家做,哄哄相公长辈什么的,这荷叶糕最讨喜了。"那人看起来挺正经的,说起话来却没边。

三娘回了句:"没有相公。"

那人又问:"未婚夫总有吧?"

三娘摇摇头没理他接着吃,相公八字还没一撇呢,也不知道是谁家的,未婚夫倒是骗了个,就是不知道会不会露馅。至于长辈,算了吧,二叔要知道她为了点吃的这么没皮没脸肯定拿扫把把她一路赶出百花寨,丢人!

那人明显就是逗逗她,也不介意继续说荷叶糕,说得两眼放光,不知道的还以为他在说他老婆孩子呢,一脸三娘无法形容的高兴,甜得发腻。

"小姑娘我跟你讲啊,这荷叶糕讲究的就是用料和火候,米要用上好的江米,荷叶要清晨带着露水的新鲜荷叶,再加上提前发好的百合,以及莲子、核桃仁、白果、马蹄丁、葡萄干、蜜枣丁、青红丝各少许,这就是八宝。至于做法就更要讲究一些了,要先……"

这人先前看着沉默,结果一说起吃的来就没完没了,三娘听他从荷叶糕、荷花酥一直说到了荷叶鸡、荷叶饭愣是没停过,水都只喝了两口,看来确实是对荷叶爱得很。这人搞不好不是厨师就是种荷花的,不过看起来倒不像,三娘也没问,看着小六子买好了东西赶忙往那边跑去,生怕再晚点这大叔还要教她泡荷叶茶。

"大叔,谢谢您的糕点,咱们回见咧。"下次遇见了就跑,有吃的也不能去,太磨叽了,十个陈二当家都没他会说。

"小姑娘慢着点……"

三娘没理他,拉着小六子飞一般跑了,她现在脑子里翻来覆去都是哄相公婆婆的糕点吃食。

一路急匆匆跑回客栈,小六子抱着吃的差点在门口被人撞倒。一个小孩,十来岁的样子,脏兮兮的衣服,撞了人瞪着一双黑白分明的眼睛,话都没说一句转身就跑没影了。三娘往外面瞧了瞧找了下愣是还没找着。

刚进去就听店小二骂骂咧咧地跟人抱怨:"这小孩啊,最爱来这儿偷东西,每回没注意客人的钱袋就没了,还好这次发现得早给赶跑

了。"

"唉，这么大点的小孩，也不好报官，万一被抓住还不被人打死啊。"

"是啊，老板都说了赶出去就是了，也是个没人管的可怜孩子，就是不学好……"

小六子听了这些，一摸腰上，空了。

这小子动作还挺快的，他跟三娘谁也没注意到。

不过，小六子苦着脸说道："这是咱们这一路的饭钱了，还好住店的在阿隐那里，要不然就该露宿街头了。"

三娘估摸着说："不露宿街头也要饿死啊，要不咱们在这个地方干一票？"

小六子快哭了："老大，你不是认真的吧……"

当然不是认真的，她要真这么干了，二当家非得把她弄死在百花寨门口以儆效尤不可，可她就想逗逗小六子。

"得了，我出去转转，你先上去睡着，把吃的给我拿点，剩下的等阿隐他们起来了吃。"三娘没忍心看小六子那百般纠结想死谏又怕死的小模样，拿了几包荷叶糕就走了。

三娘走得很慢，尽量靠着墙角走，时不时拿怀里的糕点跟墙角蹲着躺着的乞丐流浪者换个消息，以前她都是直接拿钱，可是今天要先找到钱。

太阳落下了西山，余晖的光热散尽，黑夜即将接替白昼，成为这天地的主宰，各种不方便在白日出现的东西开始蠢蠢欲动，无论是打猎还是逃跑，此时都是绝佳的时机。三娘正蹲在一个胡同口的大树上，盯着里面的那几个小孩子。

偷了她钱的那个小孩子已经换了身衣服，灰扑扑的，不过比下午干净多了，脸也洗得干干净净，看起来跟顾轩差不多大小。不过他比顾轩瘦多了，正在跟其他几个孩子商量着什么，三娘看他们几个小孩子的动作，怕是还要出去"干活儿"。

好，今儿个就让百花寨一霸教教你们规矩！三娘有点兴奋，好久没有做过这种欺凌弱小的事了！

三娘跟在他们身后，看着他们几个成功地摸了两个不长心把钱袋子挂在腰上面的人，等去摸第三个的时候被人抓住了，几个小孩子作鸟兽散，那人只来得及抓住一个。但是这个小孩子根本没有碰过他，说是在街上跟玩伴抢东西才跑的，那人没证据也没办法只得骂骂咧咧地自认倒霉。

三娘一直跟着下午那小子。那小子手又快又准，钱袋每回都是他摸的，其他小孩子都是跟着混的。三娘把人堵在了胡同口，手疾眼快地把他刚刚摸的钱袋拽了出来，一只手制住手舞足蹈扑腾着要抢回去的小孩子，另一只手快速地把钱袋往兜里一揣，开始威胁人。

"你上午偷了我们老大的钱，如果你乖乖还回来就算了，如果你不乖乖的，那么……"三娘眯着眼，做了个略凶残的表情。

那小孩子大概认清了武力值差太多，已经不反抗了，只是一双大眼睛滴溜溜往四处转，看样子是想找机会跑，听了三娘的话，他还颇为不屑地哼了一声。

"小子，你别不信，你看我的腿，就是我们老大打断的，现在才好没几天又被他派出来做苦力。"三娘干脆一撩裤腿，露出一条蜿蜒的疤痕，才蜕了皮，色差极大，看起来极为吓人。

那小孩有点怕，缩着肩想跑，三娘让他跑了一会儿才开始追，捉住了就直接把人往树上倒挂着，跟他说等到老大来了就拿他开刀。

三娘把人挂稳当了，开始坐在旁边数银子。都是穷光蛋，三个加起来还没她被偷得多，三娘伸手往小孩腿上拍了一巴掌，准备严刑逼问了。

这破孩子，死犟，还没顾轩那小家伙可爱，对了，三娘突然想起自己这次下山好像带的东西有点多。三娘一脸坏笑地看着正在荡秋千的破小孩，从兜里掏了几个瓶子出来，含笑半步癫、半神痒痒粉、迷药醉春光，还有一堆药效不明名字怪异的。

"小子，让姐姐带你玩。"三娘不顾那小子反抗，愣是给人灌了口痒痒粉，又灌了一颗含笑半步癫，然后看人一扭一扭的绳子快断开了才把人放下来，那小孩已经一脸眼泪鼻涕笑得快喘不过气了。

"东西要还给我了吗？"三娘给人喂了解药，笑眯眯地看着他。

小孩被整得直点头，什么倔强不屑，早飞出了十万八千里，他不怕挨打，可这个女的实在是太坏了。

第八章 · 又被人盯上了

三娘无法,只得一咬牙对几人说:"大家分头行事,我带着小六子去引开他们,阿隐你们几人跟着老掌柜,务必保重。至于天龙寨,阿隐你见机行事。"

那小子藏钱的地方实在是偏，三娘摸索着回客栈时，小六子等人已经一觉睡醒正在吃东西。三娘跟着吃了点，把钱袋子甩给小六子让他收好，这次务必要钱在命在！

小六子还以为三娘真的去干了一票，吓得把钱袋往回扔，仔细看了是自己掉的那个才连忙抱住，转过身去藏钱。

几人吃完匆匆收拾一番又出发了。这里离顾遥在的地方还有一个时辰的路，三娘有些疲倦，不过还好赶路不需要用什么脑子，她一边策马快速跑过山间小路，一边迷迷糊糊地想着天龙寨，想天龙寨的那几条不容易被人发现的小路，想潘星海那爽朗的笑声，甚至想起了小胖子潘安那双胖得看不清形状的眼。最后风一阵阵地刮过来，偶尔路边有斜出来的枝叶打在肩头瞬间又被抛下，她才意识到自己在想"潘安"，百花寨里面的假潘安，一朵火红的石榴花，从未有人用这个来讨她的欢心……

直到小六子一脸隐晦地把三娘拉下马，三娘还保持傻乐呵的状态，小六子只能心一横狠掐了三娘一把。

顾遥听到声响出来时正好看见了三娘对小六子施暴,她本着看热闹要人多的原则把屋里的兄弟们都默默叫了出来,院子里一堆人开始对二人评头论足,活像戏园子里无事的看客。

"哎哟,三娘这一脚不错,就是力度不够。"某大哥说。

"三娘留了力吧,倒是小六子怎么几个月不见,功夫越来越回去了。"某二哥说。

"小六子干什么了?"终于有善良的群众关心事情的起因,小六子抽空看了一眼那人,江隐,好兄弟!

"小隐啊,这个不重要懂吗?武艺切磋嘛,管他为什么呢!"

"就是啊,大当家想揍个人还要管他干了什么吗?"

很快,江隐弱小而细微的声音就被淹没在了围观人士的唾沫中,江隐只好默默地对小六子说了声抱歉。

最后,看够了热闹的顾遥才悠然开口,阻止了这一场单方面的切磋。

"三娘,你们几个跟我到屋里来,立安哥有东西让你们带来吧?"顾遥说得漫不经心,可三娘和江隐立即就发现不对劲。

还在院子里就开始谈事情,这绝不是顾遥的作风,二人思及在寨子里二当家曾说过的钉子,难道在这里?

"对啊,二叔说有重要的事情,必须单独跟你说呢。"三娘点头。

·089·

"那行，你们跟我进来吧。华虎、华江你们把这几匹马带下去喂点草和水。"顾遥示意三娘几人跟她走，让其他人先回去歇息了。

顾遥将几人径直带到了她的卧房，屋里干净朴素，透着一股子药香。江隐带着一路来的杜林守在门外面，另外两人则在外面寻看，三娘和小六子入内和顾遥相谈。

半响，三人皆是带着一脸复杂神情走了出来，看得江隐心中发虚。

三娘在来的路上想过天龙寨和官府的情况，只是想不到实际情况如此严重，天龙寨已经完全暴露在了官府的眼皮子下，被围得水泄不通。据顾遥说天龙寨已经和官兵大规模地起过几次冲突了，按照顾遥的推测官府对天龙寨似乎并不准备招安，也不知道潘星海此时怎么样了。三娘很担心潘星海，那人早年受过不少伤，还中过毒，留下了一堆宿疾，平时寒雨天都要小心点，最关键的是他经脉受损不能动武。若是天龙寨真的情况危急，那潘星海势必不会只运筹帷幄做个受人保护之人。想到这里，三娘恨不得马上飞过去。

还有一件让人头疼的事则是顾遥说真的潘安似乎已经在回来的路上了，而且按照日子也该到了。为了避免那个小胖子一回来就直接做了官府包饺子的馅儿，三娘和顾遥思量准备找几个靠得住的人去接应一下他，反正从江南回来也只有一条路。

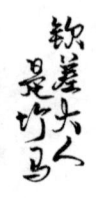

尽管三娘心急如焚，却不得不在顾遥这里休整一夜再出发，因为接下来的夜路不好走，而且土匪寨众多，大的小的，一座山连着一座

山。据说这段路因为土匪太多导致众土匪打劫的数量和质量都长期位于土匪界的中游,一度被其他土匪看不起,而且在最惨的时候这些寨子的土匪纷纷下山卖山珍果子换粮食回去糊口。

现在的情况是这段路被官府重点监管,不伪装点身份根本就别想赶过去。顾遥已经为几人准备好了假的身份文牒和说辞,从南边去西边的草原采买药物以及珍贵宝石的商人,此次过去也是受西部一个族长所托,带了些江南特有的香料绸子。

第二日清晨,三娘一行人就拽着马匹装作江南来盘货的行商,因为几个人年纪都不大,顾遥给他们安排了一个掌柜的还有一个验货的行家,两个人加起来一百多岁,却依然健朗。三娘匪气太重干脆和小六子装成两个镖师,扯了块平安镖局的旗,江隐扮起外出学做生意的少爷来还挺像,其他几个人都统统算作伙计。

一行人经过层层盘查又送银子又说好话好不容易才过了关,走了一天之后,这荒郊野外又没有住的地方,几人只能拣个略安全的山脚歇息。三娘心烦有些睡不着找了棵树躺着看月亮,等明天那段路过了查防应该就没有这么严了,就可以放心地赶路了,如果不出意外只需要两天就可以到天龙寨了。三娘又将天龙寨山前山后那几条不为人知的险境小路回忆了一遍。

树叶飒飒作响,蝉鸣鹰唤交替,突然传来了不规则的马蹄声。赶路的人是行家,马蹄应该被布帛之类的东西包裹了,在夜里声音沉闷,

不仔细听有些难以分辨。

三娘扔了根树枝把小六子叫醒，又让已经醒过来的江隐去唤其他几人，小心收拾东西躲在了一旁，却见几匹马驰来，马上的人像是知道他们的位置，还没靠近便喊了起来。

"李连福老掌柜的，李公子在吗？"

三娘等人一惊，那是顾遥的声音，李连福正是那老掌柜的名字，三娘和小六子迎了出去，顾遥带着两个人停了下来，翻身下马。

顾遥受了伤，肩膀上透出草药的味道，华虎、华江两兄弟也有些小伤，不过却无大碍。

顾遥让三娘先不要管她的伤，一脸愤怒地说："你们刚走没半天我那里就来了官兵。王八蛋，一定有钉子，还好他们不知道你们的身份，三娘你必须快点赶去天龙寨。"

"如果有钉子，那百花寨会不会有危险？"小六子问。

"应该不会，二叔他们一直防着呢，遥姐姐你那里怎么样了？"三娘摇摇头问顾遥，想看看她肩膀上的伤。

"我把人遣散了，放了把火，叫人盯着呢。"顾遥果断，在看到官兵的时候，就知道这地方是保不住了，干脆一把火烧了，还能给大家通风报信的时间。

"我来告诉你们一声，还要回去处理接下来的事，把山下一团糟的消息传回去。你们路上一定要加倍注意，我回去就调人来接应你们。"顾遥接着道。

"遥姐姐，帮我带个话给二叔。"三娘想了想还是低声在顾遥耳边说，"除非特危险，请留下那人的命。"

顾遥听了这话，诧异地看了三娘一眼，不过她对山上的事并不了解，也没有多问，直接应下了，便带上华江、华虎两兄弟快马回去了。

经过这番打扰，几人都无心再歇，问过掌柜的几人便又启程。一路上，马蹄声声，一行人披星戴月，催赶得紧。

一行人日夜兼程，还要注意路上的关防，纵是三娘也早已疲惫不堪。下山几天，一直在赶路，几人都没有正常休息过，三娘一颗心悬在天龙寨那里更是一脸严肃，连玩笑都不再同他人开，只管拼命赶路。若不是顾念着老掌柜几人还有马匹也需要休息，三娘只怕是要一路急奔到天龙寨山下才肯下马。

一番赶路，眼见着就要看见天龙寨的当口，几人却被一群突然出现的人打了个措手不及。那十来个人出手狠辣，训练有素，神情凶狠，三娘这边人少又累自是不敌，只得仗着地势仓皇逃脱，连马都弃了。

此刻三娘和小六子气喘吁吁地躺在一条隐秘的溪水边，真的是狼狈不堪，自觉丢了百花寨的脸。老掌柜几人更是狼狈，抱着树欲吐不吐。

还未缓过神来，就听见林子那头传来窸窸窣窣的声音，几人相顾无言都颇为心焦，那些人竟然这么快就追了过来。三娘无法，只得一咬牙对几人说："大家分头行事，我带着小六子去引开他们，阿隐你们几人跟着老掌柜，务必保重。至于天龙寨，阿隐你见机行事。"

说完，三娘就带着小六子朝着那些人的方向奔了过去，远远地弄出动静又朝另一个方向跑，把那些人带远。两人一直逃，后面的人一直追，都跑出半个时辰三娘和小六子才发现不妥。

原来，那些人开始追着三娘和小六子两个人，后来发现他们只有两个人便只留下了四个人继续追，其余人则回去搜寻剩下的人，也不知道这些时间，够不够江隐带着他们逃跑。况且那些人虽然训练有素，却不像官府的人，也不像镇守边境的士兵，三娘感觉这些人更像私下豢养的暗卫，专门做些见不得光的事。

其实只剩下四个人，三娘和小六子若使出全力未必不能拿下，只是眼下三娘一心想早点到天龙寨，不欲多惹是非，只能继续跑，还要把四人带着往那些偏僻的地方跑，恨不得从天而降一个八卦阵，将四人牢牢困在这荒山野岭。

三娘见身后只有四人便和小六子使了个障眼法躲在了树上，等那四人跑远了才下来。此时天都已经暗了，小六子累得腿都软了，脚下千斤重，仿佛抬起就能要他的命。三娘也好不到哪里去，脚下发虚，拿斧子的手都有点抖。二人只得重新往树上一躺，吃点干粮草草休息。

第二日，三娘带着小六子往天龙寨赶。二人不敢走大路，专挑那些鲜为人知又比较荒芜的小路走，那些路久了没有人走，荒草丛生，湿滑崎岖，好在两人身手灵活，要不然准要栽十个八个跟头。

天龙寨在一座不大不小的山上，寨子后连接着十里深山，山前入口只有两条道路，都在同一处，所以易守难攻。可三娘到的时候，山前驻满了兵，整装待发，山道两侧也都有官兵把守，俨然一副重重围困的样子。三娘不知道里面的情况，越加心慌，按照顾遥所说，天龙寨已经被困了大半个月，连山前都驻了兵，里面怕是快要弹尽粮绝了，而且看山下的阵仗怕是准备要强攻。

小六子安慰三娘："潘寨主那么有本事，一定有办法的，我们先上去吧。"

三娘只得带着小六子绕到另一侧与群山相连的地方，这里有条小路，只是藏在一处陡峭的山崖边，要徒手爬过二十几米崖石再穿过一处密林，林子旁有个深潭，潭水就是从天龙寨后山流下来的，沿着水流同样可以去天龙寨。

这条路还是三娘小时候和潘安私自逃下山时发现的。

那个时候潘星海为二人启蒙诗句选了本毛诗，三娘听得耳朵都烦出了回声，小胖子潘安偏偏缺着牙在水边整天念什么"蒹葭苍苍，白露为霜。所谓伊人，在水一方"，要不就是"溱与洧，方涣涣兮。士与女，方秉蕑兮。女曰观乎？士曰既且。且往观乎"，三娘于是把人揍了一顿。因为潘安险些被揍成了猪头，导致三娘有些后怕，就想诓潘安去山下玩两天，好些了再回去，毕竟潘星海如果问起，是万万不能说实话的。

潘安无缘无故挨了顿打甚是委屈，追着三娘要三娘给他道个歉，

偏生他脸肿得不像话，三娘愣是看不出什么不该来，反倒被那花红柳绿的脸逗得笑弯了腰。小胖子更加委屈，但无论他怎么说三娘就是不道歉也不回去。

被念得烦了，三娘直接拖起小胖子就走，二人不敢光明正大地下山，只能顺着溪水一直走，不清楚走了多久，也不知道走到了什么地方，天黑了二人在林子里转转悠悠地迷了路，不知怎的就转到了山崖边，也不敢贸然行动，就在崖边吹了一晚上风。第二天二人以为没有路就只能回去，结果被潘星海逮个正着，将二人关了半个月小黑屋，小胖子自觉担了责任被他爹又揍了一顿。自此，三娘欠了小胖子潘安一句道歉。

半个月后，二人不甘心，又去了那崖边几次，摸索了好久，才生生找出一条下山的路。

此时，三娘带着小六子轻车熟路地上了山。后山一个人也没有，几个担水的木桶被扔在一旁，水流在地上，湿了一片，有鸟雀停在地上啄土，四周静得可怕。

果然，出事了。

"小六子，我们去前面。"三娘感到一阵阵心慌，连忙往上面跑。

三娘径直向后院奔去，路上居然没有遇到一个人。

很多不好的想法在她脑海里浮起，她有点害怕，潘星海对她来说很重要，特别重要。

潘星海平日里住的院子，此时围满了人，每个人都神情悲痛愤懑，有几个年轻的姑娘甚至忍不住低声呜咽起来。很快，低泣的声音越来越多，从屋子里面一路传到了外面，但所有人都在拼命捂住口鼻，不敢放声大哭，生怕惊扰了屋里的人。

三娘见到这番场景更是惊慌，径直冲了进去。那些人见来了两个陌生人大惊失色，一时之间来不及动作，竟让三娘直接闯进了房里，三娘一边闯一边叫道：“潘爹爹，潘爹爹！”

屋里男女老少都围在床前，这时纷纷侧过身来看向三娘，三娘也因此看到了床上的人，心里一惊，猛然间就说不出话来了，腿软得几次差点站不住。

潘星海就那样躺在那里，三娘记忆中爽朗英俊的面孔此时呈现出枯败倾颓之相，黯淡的双眼在看见三娘的时候发出了些光芒，嘴一张一合欲发出声音，让屋子里的人更加悲戚。

不过是将死之人的回光返照罢了！

三娘使劲掐了自己一把，推开扶着她的小六子奔到床边，忍住眼泪叫着：“潘爹爹，是我，我是三娘啊，你……”嗓子带着嘶哑，竟说不出话来。

床上那人抬手，似想在三娘头上揉揉，三娘见他抬手便把头凑了过去，让他揉了揉，不复儿时的有力，却依旧温和，似一个长辈的宽

慰，在和风细雨间便化去孩子所有的委屈。三娘却再也忍不住，颤抖着抓着他的手，一个劲叫着"潘爹爹"。

大概死前真的会回忆起自己的一生，潘星海想到，当年那个刚刚失去了娘亲的孩子也是这样在他的一个抚摸下哭得手足无措，现在都成了大姑娘还是这样，他不禁想笑。

"三娘，不要哭，潘爹爹去找你娘亲了，我会告诉她……咳咳……你长大了，跟她一样漂亮，还有安儿，他也长大了，跟他娘亲一模一样。真好，真好啊，你们要好好的啊……"潘星海一段话说得断断续续，极为费劲。

"三娘，你帮我跟老二说，大哥先走了，下辈子还和他做兄弟。"潘星海转过头看着屋子里的人，"我对不住大家，三娘你带他们走，一定要带他们下去。"

他死死地抓住三娘的手，眼中迸发出强烈的光彩，让三娘不忍直视他的目光，一个劲地向他保证。

其他人听闻也纷纷上前点头，经常出生入死的铁血汉子也都红着眼，守着一代英雄最后的呼吸。

潘星海扯了扯嘴角笑了，释怀而平静，仿佛迎接他的不是死亡，而是一场平淡甚至带有几分愉快的出行。他缓缓地闭了眼，嘴里低声囫囵了一句，三娘知道那是潘安的娘亲安家大小姐安傲雪的闺名。

屋里屋外有的人意识到发生了什么，再也忍不住放声大哭，也意识到悲伤仇恨从骨子里透出来，只能通过鲜血来冲刷洗净。

山前传来了阵阵喧嚣，兵戈的声音激烈而响亮，仿佛是敲在每个人心中的战鼓，紧张又迫不及待，哪怕就此死亡，也要血战到底！

　　人的一生有无数个选择，太多的声音在耳边回响，纷纷扰扰让人眼花缭乱，所以我们只能选择相信我们所相信的，做我们必须要做的。

第九章 有人打潘安的主意？

二当家和三当家作为百花寨这么多年的智力担当，自然是一眼就看出了叶温的小心思。于是，叔侄小叙变成了百花寨与望山门的联欢晚会，其他小寨子只要有空有才艺的都可以参与，再私下里打个招呼，叶柔一晚上愣是没找到一个和"潘安"说半句话的机会。

已经五天了，自三娘下山那天，"潘安"就一直跟在陈二当家身边帮忙，偶尔做个小谋划出个小策。这几天，他在寨子里各处都混了个脸熟，但是无论他怎么委婉或者不留痕迹地打探三娘等人的行踪和任务，都没有打探出一点风声。他又不敢太过明显，万一三娘此次的任务很危险，那么越少人知道越安全。

倒是上次议事见过的方叔，留在了寨子里，每天都跟"潘安"聊得融洽，二人一个拐弯抹角打探消息，一个心直口快有啥说啥，倒是很快就熟络了起来。

在"潘安"的提议和帮助下，山匪的小联合已经有了初步的方案和规模。这几天百花寨吸纳了很多别的小寨子和流匪，山上来来往往的人增多，百花寨从一个隐秘的地方冒出头来，仿佛一块招牌，突然间跟所有的土匪都有了联系。顾三当家每天忙得脚不沾地，连顾轩都找不到他人影，其他人也是一样忙碌，山上山下往来送信的、马不停蹄出去救人接人的，还有一趟趟下山采购物品的，所有人都有条不紊

地忙碌着，事情一项接着一项。

只有"潘安"每天跟着陈二当家，除了议事就是处理一些杂事，二当家说他没有记忆不能乱跑，所以他每日都有点闲，闲的时候就开始想三娘和琢磨自己的过去。结果还没等他琢磨出朵花来，就来了事。

这天，顾三当家亲自带了望山门的叶温叶寨主以及叶寨主如花似玉却任性的女儿叶柔上了山。叶寨主是为数不多的见过小胖子潘安的人之一，本着叙旧以及某些不好说明的原因，叶寨主在完成了大事后提议和潘安贤侄小叙片刻。

陈二当家和顾三当家作为百花寨这么多年的智力担当，自然是一眼就看出了叶温的小心思。于是，叔侄小叙变成了百花寨与望山门的联欢晚会，其他小寨子只要有空有才艺的都可以参与，再私下里打个招呼，叶柔一晚上愣是没找到一个和潘安说半句话的机会。

要知道，土匪之间除了歃血为盟的誓约可以相信，其他的都注重事在人为，特别是婚事。要知道，名声什么的都是虚的，找个可心的人恩恩爱爱过下半辈子才是最重要的，况且三娘和潘安的订婚差不多就是口头约定，在叶温看来敷衍得不像话，自己的女儿比起三娘来除了武功差点，其他的都可以，所以说还是可以努力一把的。毕竟买卖不成仁义在，不行也能交个朋友。

结果，被陈二当家当机立断一搅和，别说相聊甚欢郎情妾意了，连个脸熟都没有混到，气得叶温第二日一早就带人快马回了望山门。

对此，二当家毫不在意，大事已经谈了，望山门和百花寨已经是一条绳上的蚂蚱了，儿女私情这些事完没完成不会有什么影响。顾三当家还颇为客气地挽留了一番，然后带了人亲自将人送下了山。

顾三当家刚走不到一炷香，山下的顾遥就带着人风尘仆仆地抄小路上了山，并且带回了山下面据点被烧了、百花寨里面不干净的消息，并叫人快速把顾三当家请了回来。

顾三当家下山时加上望山门的兄弟浩浩荡荡几十人，回来时竟也是浩浩荡荡几十人，且全是生面孔。这些人看起来狼狈不堪，身上还有大大小小的伤，绝对不是昨晚一起玩耍的望山门的人。

顾三当家把这些人带到顾老爷子那里后，就去找了陈二当家，两个人在屋子里嘀嘀咕咕半天，出来时脸色难看到了极点，顾三当家又立马带了人下了山。

原来这些人是住在靠近天龙寨山下的一个小寨子里的，这些人被官府一路追击剿杀，死了十几个兄弟才勉强逃到了这附近。为首的说若不是遇上了顾三当家和叶寨主，怕是剩下的这十几个兄弟也要交待在这里了。

在回来的路上，顾三当家问了些他们现下的情况。这些土匪一路逃命早就是惊弓之鸟，哪里还有什么精力去注意这些，只说了些他们逃命前的情形，有个人还大胆推测了一下现在的情形。

"我们原先是住在天龙寨一带的小寨子里，十来天前，官府就找

上了天龙寨，说是要天龙寨交出什么东西，后面不知道怎么回事就打起来了。附近那些小寨子听了风声都想躲着，我们还没来得及逃就被发现了，真狠啊，非要弄死我们才算完事！还好遇上了三当家和百花寨的各位英雄，要不咱们就完了啊……"

有一个年轻的小伙子打断他们的老大之后冒了句话："他们好像还抓了天龙寨的少当家。"

"对对，是抓了个什么少当家，叫潘什么来着，要我说，这小子真没用，居然落到了官府的手里，如果是我就……"这个小寨子的老大似乎已经忘了被官府一路从天龙寨追到百花寨的人是谁了。

"潘安，那个少当家叫潘安。"小伙子再次打断老大，一脸的无奈。

顾三当家听到这话脸色一变，随即不动声色地问："这个消息有多少人知道了？"

"我怀疑我们就是因为听到了这个才被追杀的，应该没有其他人知道。"那个小伙子赶在了他老大之前说道。

顾三当家没再问什么，只是让众人加快速度赶回去。

若是潘安被抓了，寨子里的假潘安就有可能露馅，百花寨如果藏了个钦差在寨子里，怕是不好解释，解释不好对现在土匪间的合作也有影响。土匪们之间本来就窝着新仇旧恨，好不容易才消停消停决定要一致对付官府，这个事如果闹出去绝对会出问题。

另外，真的潘安被抓了，那天龙寨一定出了大事，不知道潘星海有没有事，还有此时应该到了天龙寨的三娘会不会遇险？顾三当家和陈二当家一合计觉得事情越来越复杂，三娘那里只怕是不好脱身，于是刚刚救了人的顾三当家又得下山，去寻一寻他们百花寨出师不利的大当家。

陈二当家则是注意到了另一个问题，官府在找人还在找东西，如果是找人，或许找的是寨子里的钦差小白脸儿，东西呢？难道是小白脸儿带的东西，可为什么要在天龙寨找呢？他把三娘当初抢来的小白脸儿的包袱打开看了又看，衣服、钦差的印章凭证，还有一些平常的东西，最有可能的就是那块牌子了，非金非银，质地坚硬，上面刻着复杂的纹路，只是没一个人看得懂。当年的钦差方玉衡，现在的钦差小白脸儿，两块一模一样的奇怪牌子，这其中到底会有什么关系？

陈二当家抬手揉了揉额头，感到一阵阵力不从心，老了啊，仿佛闭眼前还是当年叽叽喳喳的丹若叫他帮忙拦一个人，再一睁眼她的孩子都这么大了。

百花寨的气氛因为顾三当家的离去变得更加紧张。不过无论是刚刚离开的顾三当家，还是正在冥思苦想感伤往昔的陈二当家，都没有注意到一个人尾随三当家悄悄地溜出了百花寨。

"福大人，今天是怎么个意思？"三娘踩在一块岩石上，把斧子靠着树握着，她所处的地方是一个狭隘的弯道，是正面上天龙寨的必经之地，她身后是潘星海刚刚托付的天龙寨众人，老少俱全，都在山上。

身前是官府大费周章强攻上来的士兵,她知道自己今天不能退,一步都不能退,不仅不能退,还要给小六子带着往深山撤的妇孺拖延时间!

因十几年前的事,潘星海早些年就带人去探过后面那片山,耗费了很多时间和精力,生生地找出了一块可以藏人的地方,又用了几年才把路径和地方准备好,就是为了防着类似今日的事。那地方相当隐蔽,就算官府把天龙寨翻个底朝天也不可能找到!三娘记得潘星海这样跟她说过,所以,今日她知道潘爹爹拜托她的是什么。

如果只是她一人,三娘不仅不会停下反而会闯过去杀个痛快,可是今天不能,所以哪怕有血海深仇也只能把斧头敲在石头上,用碎石示威,再慢慢和官府谈。

以前潘星海带着她去打猎时,遇到一只黑灰色的狼獾,皮毛光滑发亮,眼神凶狠阴鸷,像是随时要扑上来把你撕碎。潘星海说对付这样的猛兽,要想一举擒获,你要先学会示弱,它越轻视你,越不耐烦,你就越有利。而相反有一些动物很弱,却很会装模作样,经常用獠牙和怒吼吓退敌人,所以,要记住越不动声色才越危险。

可如今三娘无法示弱,她只能示威,像那些没用的、只能依靠獠牙和怒吼吓退敌人的弱者一样,用狐假虎威装模作样来企图达到自己的目的。

她现在唯一能做的就是压下所有的情绪装作不动声色地问上一句:"今天是怎么个意思?"

带兵来的是清溪的知府福光全，早些年当兵混出了点成绩，后面受了伤就被派到清溪做了个知府，几十年的清闲文官早就磨去了士兵那一身凛冽血气。福大人也学会了官话客套，笑眯眯地对着三娘拱手道："这不是百花寨的大当家吗？是要下山吗？要本官叫人给你让路否？"

百花寨就算迁到更为偏僻的荒山，在官府眼里也是个不能忽视的存在，只是因为当年的钦差方玉衡和百花寨的大当家丹若有过一段过往，虽然在很多人眼里方玉衡后来出卖了百花寨迫使众土匪挪了个窝，可丹若和陈二当家连同潘星海也没让官府好过。所以，百花寨和官府可谓是积怨已久，知府也恨这些人恨得牙痒痒，这不，好不容易来了钦差来了兵，福光全马上跟着来围剿天龙寨了，不过眼下看到三娘确实有点惊讶。

"福大人，别绕弯子了，你想怎么样吧！"三娘皱眉，挥手打断福光全接下来的话，她要表现得狂妄一点，就像潘星海还没出事，她身后还有一堵坚实的后盾一样。

"大当家这话说的，谁不知道如今官府在剿匪啊，又有谁不知道天龙寨是这十里八乡著名的匪窝啊？"福光全仍是笑眯眯的，仿佛很享受这种胜券在握的感觉。

"可福大人你就不好奇我为什么会在这儿吗？"三娘手上闲不住把斧子拿到眼前俯身敲了敲，锋利依旧，好久没见过血了。

福光全从看见三娘就在琢磨这个问题，可看来看去都只有三娘一

·107·

个人，天龙寨的潘星海也没有出来，本来他是想仗着人多直接冲上去看看，反正天龙寨这几天也被弄得够狼狈，可他没想过这里还有百花寨的人。

福光全默默在心里盘算了一番，天龙寨加上百花寨，那他带的人就不够，虽然从顺边府调了兵马，可这批兵马是借的，人数不多而且不能借太长时间，要不然边界出了事谁都担待不起。硬闯上去吧，有可能两败俱伤；如果不闯吧，又白白浪费了这么好个机会。福大人左想右想，很是为难，他决定先和三娘兜兜圈子，看看这些土匪想干什么。

"本官若是好奇又如何，不好奇又如何？"

"若你好奇我们就好好聊会儿，保管你会知道点什么；若是不好奇，大人就只管带着人上去，我给你让路。只是，你待会儿可别急着要下来，就是下来，也不一定像现在这样简单！"一番话说完，三娘侧身做了个请的动作。

不过，福光全并没有做什么，盯着三娘像是还在思考她这些话到底可不可信。

三娘知道这个时候不能露怯，她安排了几个人偷偷地从山后绕下去造势，再等一会儿她的话就会更有说服力，所以她这个时候一定要拖住福光全。

"凭什么？"福光全收起了笑脸，看着三娘说。

凭什么？凭我不能让！凭我身后是一群受了伤有血有肉的兄弟，

是一群只能坐以待毙的老少妇孺，是潘爹爹的家！

"看来福大人是不信我百花寨了，不过啊，听说你们在找什么东西，其实我们也在找，据说已经有了点眉目。"无法，单单一个借口她不足以让福光全相信百花寨也在，三娘只得抛出更加隐秘的东西，希望这个老奸巨猾的狐狸会上当。

三娘说话时就在注意看福光全的表情，此时他虽然在极力掩饰也还是露出了些慌乱。三娘知道自己这次赌对了，官府找的东西对百花寨也有用，而且东西可能就在天龙寨里面。

"你知道你在说什么吗？"看三娘说得悠闲，福光全突然严肃起来。

"呵呵，当然啦！"三娘笑着应了句，看了眼山上接着道，"算起来二叔他们也差不多要过来了，福大人要不要去打个招呼啊？"

三娘说得轻松，其实已经满手虚汗，她熟练地把玩着手中的斧子，眯着眼看了下山下面，半晌笑了笑。

福光全被她满身的小动作弄得有些无措，一时之间竟不能判断三娘话中到底有几分真几分假，只能在这里和三娘继续僵持着。还没等两边僵持出个结果来，山下面突然传来了噼里啪啦的声音，其中依稀能听闻人声和马蹄响。望着笑意越来越明显的三娘，福光全变了脸色，狠狠盯着上山的路和路中间的三娘，半晌，他带着人快速下了山，毕竟天龙寨和百花寨一上一下能把他包了饺子。

三娘望着福光全的人走干净后赶紧往山上赶，小六子估计已经把人送到了，留下了足够的人在那里保护。山下面那些动静都是假的，福光全一下去就会发现上当了，势必还会赶回来。其实现在老弱病残都已经安全了，剩下的人都想真刀真枪地洒点热血堂堂正正地闯出这天龙寨，哪怕死也要把血流在这里。三娘也想，可是她不能啊，她不能拿天龙寨的兄弟们去拼，潘星海刚死，山下敌袭，她硬是挡住了众人的压力孤身去了山道，又以潘星海的名义软硬兼施才让那些兄弟同意暂时撤下山。

三娘本来应该直接选条偏僻的小路下山，可她想知道天龙寨里面到底有些什么东西，于是她决定折回山上再探探。可她刚往上走了百米就瞧见了本该从山泉那边偷偷下山的天龙寨兄弟们，他们相信她，不能抛下她。

第十章
牢里遇到个熟人

"咦,你不是个厨子吗,怎么被抓到这儿来了?怎么,你做的菜吃死人了?"三娘自动在脑子里帮他补全了作案原因和过程。

"胡说,我可不是个厨子,小丫头没见识,以为会做菜的就是厨子。"那人一脸鄙视,"我可是京都有名的食客柳食烟,不认识吧,你们这破地方,没听过也正常。"

三娘见了在山道上等着的兄弟们也没说什么，就问了问天龙寨上有没有什么特别的东西，年代久点的。

　　这些人大多是刚上山的，只有几个大叔是知道点以前的事的，他们仔细想了想，认为如果有那种东西肯定会在潘星海那里。提起潘星海，众人又是一阵沉默，只有少数人知道潘星海年轻时是一个堂堂正正的英雄人物，豪气万丈，最爱路见不平拔刀相助，可这样一个人偏偏就为了个犯官的女儿落草为寇，连死都这么默默无闻，秘不发丧。

　　三娘去潘星海的屋子里又仔细寻找了一番，却也是什么都没有发现，她本想再看看其他地方，只是时间实在来不及了。最后，三娘一咬牙干脆学了顾遥，一把火把潘星海的屋子烧了，哪怕自己找不到，也不能让其他人得到。

　　这把火三娘放得有分寸，烧了潘星海的屋子就带人几下灭了火，要不然这个天气真燃起来了这片山都要着火，那时候不管什么东西什么人都要给这绵延的青山陪葬。

三娘带人到了小路的岩石边，正寻思着福光全居然没有上山来逮他们还让他们跑掉了真是个奇迹，结果，刚顺着坡滑下去没一会儿就看到前边冒出来一列士兵。随后，三娘等人就被包了饺子，福光全站得略远，笑得一脸阴险。

三娘才知道这是中了套了，人家哪里是不上去，人家明明是在下面挖好了坑等你跳呢，其他路估计也一样，都被堵死了。此时看见福光全的笑脸更是气恼，三娘略算了一下，并不能一斧子砸过去砍掉他半张脸，只能遗憾地骂几句解解气。

而福光全显然并不是这么想的，他笑眯眯招呼了三娘几句，直接下令拿人，其他人死伤不论，三娘还有一口气就行。

三娘一看对面的阵仗就知道这下子是要认栽了，想她百花寨堂堂一个大当家死都只能死在天龙寨山下某条不知名的山路上，顿感凄凉。

不过想归想，也没妨碍她对着福光全在的地方就冲了过去，一斧子撂一个，磕磕绊绊地往那边凑，她想的是，就算不能拿这孙子垫背，也要给他开个瓢，见见红。

前面还有十几个人，三娘手有些脱力，边界驻扎过的兵就是不一样啊，平时照她的水平十几个清溪县衙的士兵打着跟玩似的，这个时候却想要个帮手。她吼了声，往四周看了一眼，有几个靠得近的天龙寨的兄弟正在奋力摆脱身边的人想往她这里赶，可是好像来不及了，因为就在此时她甚至感受到了背后那人挥过来的刀发出的凛冽寒

· 113 ·

气……

　　已经数不清身上有多少伤口了，血一直在流，随着她挥兵器的速度流得越来越快，她甚至已经感觉不到疼痛，只觉得痛快，潘星海死的时候，她都没有好好哭一场……

　　只是，潘安现在在干吗？

　　他一定会朝她冲过来的，不顾自己身上的伤口，一定会先替她打福光全那个胖子一顿，然后他们再装模作样互相夸赞一番对方的武功……

　　怎么会有福光全那么阴险的胖子呢？像潘安就很好，那个小胖子，只知道哭和让人道歉，哦，对了，小胖子才是潘安，小胖子一定会哭吧？好不容易要回来了，爹爹不在了，媳妇跟人跑了，还因为打架打不赢死了，连个问罪的人都找不到。

　　三娘在倒下去的时候突然想笑，小胖子对不起，可别哭啊，这辈子是不行了，下辈子再说吧。毕竟那个小白脸儿可是第一个给她送花的人，也是第一个蹩脚地想要拥抱安慰她的人……

　　树叶密密匝匝地盖在空中，居然还能透出温暖的阳光来，闪闪烁烁的，跟那个人的眼睛一样，看起来格外温柔，三娘觉得周围好安静好安静，才发现原来都是错觉啊。

　　福光全说要给她留一口气，也不知道这口气能留到什么时候。

　　其他人呢，又怎么办呢？

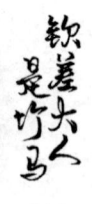

三娘铆足了劲朝福光全那个方向吼了句:"我把那东西给你,你留他们的命。"

再赌一把吧,反正都是个死了!

也不知道那大胖子听到没有,三娘是没有力气吼第二次了,满嘴都是血沫,咽下去的不知道是唾沫还是血,全都一股腥锈味,跟吴大娘那杀了猪的锅似的。

三娘咬了咬舌尖,福光全这王八蛋直接让人把她拖过去了,路上那么多碎石子,还有不知道哪个死人的断刀断刃,疼死姑奶奶了!

那死胖子还拿手捏她下巴,笑得一脸阴险。

"说吧,东西呢?拿出来吧!"

"你……先停下,我告诉你东西在哪里,要不然你永远都别想找到,天龙寨已经被我烧了,不信……你、你可以去看看。"三娘说得极为费力,不知道哪个王八蛋往她背上拍了一刀,现在说话都抽着疼。

"行啊,先抓住他们咱们再来谈。"福光全的人差不多已经制住了天龙寨的几十个人,个个浑身伤痕,狼狈不堪。可他们眼里都是狼一样的嗜血光芒,生生要用眼神把人剥皮抽筋,再一口口和着鲜血咽下去。

"东西我让人带走了,在百花寨人的身上,在……小六子那里。"三娘犹豫了下到底是说江隐听起来可靠还是小六子,她想了想还是说了小六子,也不知道江隐他们跑掉了没有,会不会回去叫救兵。

"小六子在哪里，大当家不会又想耍我吧？"福光全阴恻恻地说道。

福光全居然知道谁是小六子，这倒是让三娘有些吃惊。

三娘在心里嗤笑，一个知府没事还要把这些寨子里的土匪记在心里，也是难为他了。只是三娘不知道只有百花寨的土匪才有这个待遇。

"我不知道他在哪里，但是，你……你可以放出消息说我们在你手里，让他拿东西来换，福大人觉得怎么样？"三娘心里有点没底，一个不知道有多重要的东西，能换这么多条人命吗？

"好啊，但是你们最好有东西。"出人意料的是，福光全只是思索了片刻就答应了。

福光全心想：等拿到了东西，知情的人都不一定能活呢，我放了你们，有的是人宰你们！

随后，他命人把三娘等人押上，准备带回清溪衙门。

难道这剿匪竟然是个幌子，目的是天龙寨，抑或是天龙寨的东西？三娘觉得自己一定是疯了才会有这种想法，堂堂的边防兵，调过来竟然只是为了找东西，或者说是以剿匪为幌子去找东西，很多想法在她脑子里转来转去，很快她便晕晕乎乎不省人事了。

再次醒过来人已经到了清溪知府的大牢里，大概是为了区分她大当家的身份，福光全并没有把她和天龙寨的人关在一起，而是单独给她弄了个牢房，牢房里味道还挺香。

三娘看了看临近的几个牢房并没有天龙寨的,不禁有些害怕,便朝着外面吼了句想问问天龙寨的兄弟们还活着没有。

结果,她孤零零地吼了几句,愣是没人理她,狱卒都没看到一个。隔壁牢房里的估计在睡觉被三娘吵醒了,伸出一只手敲了敲三娘这边的门,听清楚她问的什么后回了句:"没死没死,他们跟我们关的地方不一样,咱们待遇好,这儿是私牢,暂时只有我们两个人,你那个房间还是前两天走了个小子腾出来的。"

三娘也伸了一只手敲门柱问:"你怎么知道啊?"这牢房里连床被子都没有,全是稻草,硌得慌。

"废话,昨天晚上你被关进来的时候,我听到的。对了,丫头,你干了啥啊被关这儿了?"那人翻了个身,伸手捋了把头发凑到两个牢房的交界处往里面一看,两个人都愣了愣,哟呵,熟人啊这是。

三娘觉得就冲那包荷叶糕和这人说书的潜力都不能把他忘了!

"咦,你不是个厨子吗,怎么被抓到这儿来了?怎么,你做的菜吃死人了?"三娘在脑子里自动帮他补全了作案原因和过程。

"胡说,我可不是个厨子,小丫头没见识,以为会做菜的就是厨子。"那人一脸鄙视,"我可是京都有名的食客柳食烟,不认识吧,你们这破地方,没听过也正常。"

三娘觉得身上火辣辣地疼着,顺嘴接了句:"食客是什么玩意儿,还有你那是什么名字?"

"嘿嘿，食客就是专门去尝吃的人，靠一张嘴吃遍天下美食，最受那些酒楼食肆欢迎了。想当年我在京都，请我吃东西的人都排了好几个月。"那人一脸得意，"至于我的名字嘛，食烟，就是吃遍人间烟火啊，想当年我师父给我取这个名字就是这么想的！"

嘿，这还是个师门行业，三娘只觉一言难尽，这人说话还是那样率性，说起来十匹马都拉不回来。

二人继续闲扯了几句，三娘觉得自己身上开始发烫，心里莫名焦灼起来，她脑子里像是有什么东西炸开了。酒，牢房里是酒香，福光全那个死胖子一定是怕她死掉，就直接用酒给她淋了个透，再随便撒了点药粉。

简直是大写的天要亡我！三娘对隔壁牢房的柳食烟说："我等会儿可能有点吓人，你千万别叫人。"

百花寨因为有不务正业的郎中顾老爷子在，所以有些不常见的奇怪玩意儿。顾老爷子平生有两个得意之作：一个是他那只记得配制药方记不起解药方的"百忧解"，另一个就是用来追踪的追魂香了。百花寨的人下山都带着追魂香，要寻人时只需要把一种喂过药粉的虫子带上即可。

不过如今百花寨的人到处都在跑消息，追魂香的用处反而不怎么明显了，顾三当家只得一边往天龙寨赶一边放虫子找人，结果找到的都是些送消息的人。

反而是"潘安"一下山就跟丢了顾三当家,只得靠着虫子慢慢地找人,结果歪打正着让他遇到了江隐几人。原来江隐几人自那日与三娘、小六子分开后就一直被断断续续地追杀,他们无法赶去天龙寨,只得一路往回跑,想着把人引得离三娘他们远一些,结果都快回百花寨了才把人甩掉,还遇到了偷溜下来寻人的"潘安"。

江隐看见"潘安"的时候吓了一跳,以为这人恢复记忆了,几句试探后发现并没有,这人就是单纯溜下来找三娘的。江隐本着要看牢人的心思,晚上特意跟"潘安"住了一间房,也没有发现什么异样。

倒是第二日一早就听见客栈的伙计在说什么官府剿匪成功了,灭了天龙寨和百花寨,还抓了两大寨子的重要人物。

江隐让其他人盯着"潘安",吃早饭时出去探了探消息,才发现这还真不是什么假消息,福光全亲自放的消息,百花寨的大当家三娘和天龙寨的少当家潘安在他手里,还说百花寨的小六子手里有官府的东西,限七天内交出来,否则就将抓住的土匪斩首示众。

江隐回客栈时,"潘安"一直盯着他看,看得他心头有些发麻,想了想还是把情况告诉了众人,只是隐去了真的潘安被抓的那一段。"潘安"听后表示要先回百花寨,江隐等人没有头绪,也只能先回去和二当家商量对策。

快马奔驰,几人马不停蹄地赶回了百花寨。寨子里,陈二当家发现"潘安"失踪了正准备下山找人,他跟几个人说找到了"潘安"若

发现异常就马上杀了。

那几人还没有走出寨子大门就返了回来,因为"潘安"又回来了,他一回来就去找了陈二当家,几人心想,真是太会给兄弟省事儿了。

陈二当家觉得头疼,特别是这个小白脸儿假潘安一脸严肃振振有词要他借人马亲自去清溪官衙救人的时候,这都是些什么事!

真的潘安被抓了,假的潘安去救,然后一见面各自怀疑一下自己的身份,再加上天龙寨众人的刺激,万一钦差小白脸儿就恢复记忆了呢,再顺便下个令把大家都拿下?

不过,此次确实是他考虑不周,否则三娘也不会贸然去了天龙寨还让人给抓了。只是闯官衙救人这个事确实是有些胆大包天了,就算他们现在的山匪合作已经有了一定的规模,人马什么的也很可观,但是你一窝要被人剿的土匪跑到人家官府那里去闹,怎么看怎么奇怪,这不是鸡硬凑上去给黄鼠狼拜年吗?

陈二当家叹了口气,愁上眉头。最近的事太多了,他都没有时间好好梳理一下,可现在情况紧迫,也没时间等他慢慢想了。只是他隐隐觉得这次的剿匪恐怕没那么简单,搞不好跟二十几年前的事还有关系,想到这儿二当家又叹了口气,连个好好商量的人都没有。

陈二当家最后还是决定先不答应"潘安",这小白脸儿有些奇怪,突然下山,又突然回来,还是个钦差。百花寨的钉子还没有拔出去,顾遥都查了几天了也不知道查出什么了没有,万一他真的要带着这些人去给官府送人头那才是真的惨了。

但是，三娘又该怎么救呢？拿东西去换，小六子能有什么鬼东西啊？

愁人啊，陈二当家觉得自己的胡子都快要愁掉了，只能去百花寨的客房见见铃铛寨主才能好转。

是这样的，在陈二白这位百花寨名正言顺且握有实权的二当家的强烈要求下，紫竹寨前来商量事的人由老板娘换成了铃铛寨主，昨晚她就到了，只是陈二当家还没有准备好去见她，心情有点忐忑。

毕竟是云岭百寨最泼辣的一位女土匪，铃铛寨主果然名不虚传。陈二当家刚走到她所住的院子门口就听见了她骂人的声音，爽快率直，简直是生动悦耳、提神醒脑。

走近一看，她骂的这人还很熟，这不是刚刚才被他拒绝了的"潘安"吗？

"潘安"见陈二当家来了，也不和铃铛寨主争执了，平静且有礼地和二人告别，一出去就又扎进了旁边的院子。这片客房今日是用来招待各个山寨的管事的，对于联合众人下山救三娘的事，"潘安"不会因为陈二当家的拒绝而放弃，况且紫竹寨已经答应了他，只是铃铛寨主不是很满意他上次用紫竹寨的信物迫使他们造谣的事，对他颇有微词罢了。但那毕竟也是为了让这些土匪都相信官府不会招安，只会对他们赶尽杀绝让他们同意联合罢了。

那么，接下来只要说服了这些人，就算陈二当家不答应也阻止不

了他了。

"潘安"刚走,陈二当家就详细询问了刚才的事,然后满脸怀疑地望着铃铛寨主。

"什么,你居然答应了他?"

"嗯,他说得对啊。既然是联盟就不能一直躲着官府吧,而且你们百花寨都牵头了,又是天龙寨的少当家亲自来邀,我们总要拿出点诚意来吧。"铃铛寨主拍了拍陈二当家。

"可是,你们不知道……"陈二当家突然不知道该怎么说,一边是假钦差,一边是三娘和天龙寨的兄弟,他左右为难。

"哎哟,别磨叽了,你就放心吧,我亲自回去带人,保证把三娘那丫头给你完完整整地带回来!"铃铛寨主等了半天也没见陈二当家说出个所以然来,干脆一巴掌拍在陈二当家背后,转身就准备回紫竹寨,临走前回身朝陈二当家喊了句,"这事过了,请你到紫竹寨喝竹叶青酒啊。"

陈二当家险些被这一掌拍出内伤,只能看着铃铛寨主回去,他站了一会儿终于下定了决心,罢了,大不了看紧些"潘安"就是,总不能放着三娘不管吧!

这边"潘安"走出院子时,嘴角有些上扬,终于都说服了这些人,还真是不容易哪。

已经是第十个寨子的人来向陈二当家告别准备回去找人了,二当家才知道那个小白脸儿不仅说服了这些人去打官府,连什么时候去,需要多少人，怎么打怎么救人都想好了。陈二当家不得不在心里暗叹：狐狸永远不可能变成一只鸡，有些人就算是失忆了也依然保留着处理事情的能力，很明显这个小白脸儿保留的还是处理大事的能力。

陈二当家想了半晌，干脆要玩就玩个大的，展开笔墨写了几封信嘱咐人连夜下山送出去，望山门的信更是叫江隐亲自去送。江鲤也被派下山去寻下山救人的顾三当家，还让赵斤和方磊清点了寨子里一半的人带下山，并让他们召集在山下的百花寨众人。

一时之间，百花寨竟然空了一半，气氛也更加紧张，就像踩着冰渡河，所有人都走在薄冰上，不知深浅。

第十一章
官府几日游

"安哥哥，你是来接我的吗？"

"嗯。无论你在哪里，我都会找到你的。""潘安"回道。

"你已经找到我了，我没事啊。"三娘说这句话的时候语气温柔得让柳食烟和小六子心里一颤，后背发凉，两人连忙搓了搓手臂。

距离福光全定下的七天期限已经过去了四天,小六子望着严肃的顾立安三当家愁眉苦脸地再三说明:"我真的不知道是什么东西啊,我就带了人去深山,回来老大就被抓了啊。"

小六子觉得很难过,三娘去打架不带自己也就算了,还拿他当靶子,让他乱背锅。

"算了,看你这样子也不知道。"顾三当家摆摆手。顾三当家找到小六子的时候,小六子正被几个人追杀,衣衫破烂蓬头垢面,简直丢百花寨的脸面。那几个追杀他的人被抓住后服毒速度之快,让怀揣多瓶顾老爷子秘宝的顾三当家很是郁闷。

小六子知道自己被嫌弃了,可是这是他的错吗?简直是欲哭无泪,没处说理。

顾遥的地方被她烧了,所以山匪们这次下山住的是城外的一处荒郊,都是些荒了很多年的田地,倒是便宜了百花寨在这儿修了点茅屋,闲的时候种点稻谷蔬菜什么的,像其他大的山寨在下面也大多数有点

产业。

今晚就是要去救三娘的日子了，"潘安"莫名有点紧张，明明什么都安排好了，但还是有些担心，总感觉要出点什么意外……

与此同时，在地牢里的三娘也已经连续问了柳食烟两天，问得话痨柳食烟都不想再跟她说一个字。

"你都给我喂解药了，为什么不能告诉我这是什么毒啊？"

"还有啊，你真不认识我爹或者我娘吗？"

"你从京都来的啊，你能给我讲点京都的事吗？据说我娘就是在那里认识我爹的。"

"……"

"喂，你别装死啊，要不看你自己吧，你说啥我听啥，不插嘴也不多问。"三娘说了这句话后就真的没有再说话，连哼都没有再哼一声。

柳食烟被吵了两天，现在终于安静下来了昏昏沉沉就进入了梦乡，临睡前他对自己说，下次要管住自己的手，不能随随便便救人！

柳食烟是被一阵喧闹吵醒的，这是有人劫牢？他看向三娘，三娘也看着他，二人眼神相交，柳食烟觉得说不定今天就可以逃出去了！

本该宁静的夜此刻火光冲天，到处都充斥着刺耳的兵戈声，清溪的官匪之间第一次完完全全地正面交锋，无论是以逸待劳的官家士兵，还是想出其不意的众土匪们此时都杀急了眼，挥着手中的兵器就上，谁也不曾注意到一行穿着黑衣的人避过了前方厮杀的人群悄悄地往后面去了。

陈二白和顾立安伙同其他寨子管事的人在前面掌控大局,"潘安"计划得很好,无论是城门、粮仓、牢房、府衙前后,还是钦差的驿馆,甚至连官员的后宅都安排了人闹事。这盆水已经被搅得完全混成了一体,正好便宜了"潘安"等想要浑水摸鱼劫牢的人。

可是,当"潘安"他们闯进去之后,只看到了天龙寨的人。他和小六子找遍了整个牢房都没有看到三娘的影子,他们出去将官衙的后院也寻了个遍,还是没有人,不由得着急起来。小六子还在问天龙寨的人知不知道三娘被关在哪里,"潘安"直接提着剑冲回了官衙前面,小六子看到立即跟上,毫无压力地把救人的事扔给了江隐和江鲤。

局面已经有所控制,官府那边不像刚开始一样措手不及,似乎有了发号施令的人,双方开始势均力敌起来。按照这个局势发展,应该过不了多久二当家就要让人撤退了,所以必须在那之前找到三娘!

如果人没有在牢房,那么会在哪里?有谁知道?

"潘安"看到了人群中被一群官兵保护起来的福光全,那人应该是从被窝里爬起来的,官服穿得很凌乱,在一圈人的保护下大声地喘气和骂人。

阵阵喧嚣下,"潘安"依稀听到了几个重要的词,什么钦差大人、百花寨、私牢,他只能猜想三娘应该在私牢里,那么,私牢在哪里?钦差又在哪里?

就在他们一筹莫展正准备闯过去问问那个人的时候,"潘安"看到那个当官的胖子身边离开了几个人,他立即跟了上去。如果没有意外,这些人应该就是去私牢的,如果不是也只能冒险把人劫持问一下了。

还好,这些人果真是去私牢的,"潘安"和小六子二人小心跟着他们穿过正在酣战的人群,到了府衙的柴房处。那些人进了柴房后,潘安看见他们几下弄开墙角的柴,继续往下走,底下居然是地牢。

让"潘安"和小六子惊讶的是这么重要的地方居然连看守的人都没有,或许也正因为这样才让他们想不到吧。

"潘安"冲小六子点点头,二人也轻手轻脚地跟了上去。

通往地牢的路并不长,二人在路上把那几个士兵放倒了,顺着路拐了个弯就看见了牢房。牢门大开,里面却没有人,"潘安"急忙冲上去,在看到这儿没有守卫的私牢时,感到一阵心凉,几乎呆滞住。

三娘,你在哪里?我来找你啦,你不要躲着我好不好?

"小六子,快来扶我一把。"突然,身后传来一个熟悉的声音。

"潘安"猛地回头。

只见两个人从稻草堆里钻了出来,其中一个是他找了一晚上的三娘。

刚刚还凉透的心如同堕入火山岩浆中,瞬间就烫得他不能思考。他连忙冲了过去将那人小心地拥入怀中,双臂收紧成一个保护的姿势,等待滚烫的心慢慢地恢复平静。

三娘感到"潘安"的情绪异常,用手轻轻地拍着他的背,低声问了句："安哥哥,你是来接我的吗?"

"嗯。无论你在哪里,我都会找到你的。""潘安"回道。

"你已经找到我了,我没事啊。"三娘说这句话的时候语气温柔得让柳食烟和小六子心里一颤,后背发凉,两人连忙搓了搓手臂。

"老大,你的伤怎么样啊,现在能出去吗?"小六子在柳食烟的眼神鼓励下,含泪打断了二人的温存。

"潘安"这时也注意到了三娘的伤,她穿了一身白麻布囚服,有些地方隐约透出大片血迹,看得他心惊。

三娘点了点头准备挽着"潘安"的手走出去时,"潘安"突然抽出了被拉住的手,转身把三娘抱了起来,大步向外面走去。

小六子和柳食烟看着这一幕略微有些错愕,但也没说什么。被突然抱起来的三娘其实也和小六子一样有些惊讶,惊讶之余还有点莫名的欣喜。

柳食烟心道：这是没有未婚夫?就知道这小丫头是骗人的!

几人出去时就没有那么好的运气了,一个穿青衣劲装的男子正领着一群黑衣人拿着刀与顾三当家带的人在柴房外比拼。那劲装男子身手不凡,带的人个个招式狠辣,顾三当家等人对付起来颇为吃力,但敌不过他们人多啊,这不,叶温大当家就带着人过来了,土匪打架要什么原则,更何况打官府的土匪!

"潘安"几人趁乱溜了出去,谁知,正在与顾立安缠斗的劲装男

·129·

子发现了几人的动静,竟硬接了顾立安一掌,借机飞身过来拦在了几人面前。"潘安"只得放下三娘跟他对起招来,一来一往二人竟不相上下。劲装男子招式更为要命狠辣,"潘安"只得把人又引入顾三当家那边的战圈里让他去打群架,不过劲装男子像毒蛇一样死死盯住猎物不放的眼神已经深深地印在了"潘安"的脑海里。

打了一晚上,官匪两边都各有伤亡,眼看就要天亮,两边都有些撑不住了,终于,福光全叫人来说要和陈二当家他们谈一谈。陈二当家这边也是疲惫不堪全靠意念在支撑,但是他并没有马上就让人停下,而是等福光全第二次派人来谈休战的时候才勉强同意。所谓的谈判就是不管有没有实力,但一定要会装!

"潘安"看大局已经基本上定下了,接下来就是官匪之间那些不为人知的交易和条件了,他和小六子干脆就先带着三娘和其他的伤员回去。三娘本想抓着柳食烟问他的解药,结果那人刚从地牢里出来就溜得不见人影了。

原定是先回荒郊那里稍作休整,不过在三娘的坚持下,"潘安"带着她直接回了百花寨。顾老爷子一接手三娘就开始摇头:"你这么着急回来投胎吗?别人先给你治治会把你治得更傻吗!"还连带着批了"潘安"一顿,特地感叹了这些年轻人的任性和不知天高地厚,"还有你,你就惯着她吧,没吃过猪肉总见过猪跑吧?这么多伤还来回折腾,真是愚蠢,愚不可及!"

"潘安"摸了摸鼻子有些不好意思，他确实没有考虑那么多，不过他很庆幸自己还有点理智，把"下次不会了"这句话忍了下来。

三娘则是一副死猪不怕开水烫的样子，显然她跟顾老爷子这种对话已经不是第一次了，估计也不会是最后一次。

"顾爷爷，我这不是相信你吗？哎哟，疼，好疼好疼，顾爷爷快给我看看腿。"三娘直接号开了。

"潘安"赶紧上前，结果看见了三娘偷偷地扭头向他眨了眨眼，甚至还号得越来越惨。

顾老爷子无奈，挥手把"潘安"赶了出去，叫他找顾轩去药圃采几味药。借故支开"潘安"后，顾老爷子变得严肃起来，三娘也正经了起来，开始和顾老爷子说柳食烟的事。

"我当时都快晕过去了，也不知道他给我吃的是什么，但是吃了之后确实好多了，人又没看住给跑了。"三娘说。

顾老爷子给她把了脉确实没有发现什么异常，可就是因为这样才更为可疑，三娘的毒每次发作都会使体内内息翻腾汹涌，常常要五六天才会平息如常。而这人的药怪啊，不是有问题，而是太好了，就像已经根治了一样。

顾老爷子眉头紧皱，很是为难，现在三娘这个样子总不能拿点酒给她试试吧，但是他又很想知道她吃的到底是不是解药，自己苦苦琢磨了十几年的毒，就这样被一颗药解决了？顾老爷子心里很不是滋味，

· 131 ·

连带着脸上的表情也复杂起来,搞得三娘有些莫名其妙。

"这样吧,等你伤好些了,我们拿酒给你试一下就知道了。"顾老爷子恢复了一直以来高深莫测的表情,平静而悠闲地给三娘治伤。

然而,马上传来三娘的叫喊:

"痛痛痛啊,顾爷爷,轻点轻点,啊啊啊,亲爷爷,我错了,轻点啊老头儿……"

陈二当家在第二天下午回来了,并没有说和官府和谈的结果,而是去找了三娘和顾老爷子。

"立安说,那些黑衣人是钦差的手下,只听命钦差,而且他们找的人不是现在这个所谓的潘安,而是……"陈二当家神情略怪异,盯着三娘一字一句说,"方玉衡,他们找的人是二十年前的方玉衡,二十年前的钦差大人。"

不等两个人有过多反应,陈二当家接着说:"潘大哥的遗子,正牌的潘安在从南陵回来的路上被官府的人抓了,现在生死不明。"

陈二当家神色晦暗不明,语调沉重,看向三娘的眼神里似有所指。

三娘一时之间愣在了那里,零碎的字词似在唇齿间辗转,却又不知道要怎么说出来,显然这两个消息对她的冲击很大。

顾老爷子闭着眼沉重地叹了口气:"唉,这都是些什么事啊!"

二十年前的清溪还没有所谓的百花寨,只有一个治水的钦差——方玉衡。

清溪那年时运不济，出现了百年不曾出现过的洪灾，本是山区地势，好不容易有块供百姓安居乐业的平地，哪里经得住连续半个月的倾盆暴雨。

说来也巧，方玉衡来的那天清溪连续下了半个月的雨居然停了，阴云陆陆续续地散去，竟有雨后初晴彩练齐天的景色，因此方玉衡也被清溪的百姓认作是上天派来解救清溪的人，他也确实做得不错。不只是不错，可以说是很好了，开渠引水、修筑梯田畋坝、修建水库堤坝、疏通与外界的运河，一系列措施下来，方玉衡在清溪声望极高。可是，连一路从京都千里迢迢护送他来清溪的丹若都没有想到，这个才华惊艳、聪明盖世的钦差不只是完成治水这么简单的任务……

方玉衡太聪明，也太愚拙，他坚信黑白分明，不能逾越，在朝中不肯与人同流合污，当然在清溪也不肯与匪徒相交，以至于丹若一气之下答应了做百花寨的大当家，将那固执孤傲的文人钦差绑上了山。

即便满腹经纶，在土匪寨子里又能有什么用，还不是个被人嘲笑的手无缚鸡之力的书生？可就是这么个书生，险些让百花寨门殚户尽，全寨覆灭在官府的突袭下。

这次，竟然又因为这么个死人留下的东西，引起一场轩然大波，导致天龙寨伤亡惨重，潘星海旧疾复发，不治身亡。陈二当家实在是气愤至极，可当年亲自保下方玉衡的又是丹若和潘星海，这其中的因缘纠葛，恐怕除了那几个已经故去的人，没有人能说得清吧！

三娘在幼时就听丹若说起过这些事,可每当丹若一脸平静地说起这些事,说起当年的方玉衡时她都不明白,甚至不能接受。

丹若无数次告诉她:"你还小,你不明白一个钦差意味着什么,他只是做了应该做的事,而我也只是做了我应该做的事……你会发现,你的爹爹是一个英雄,他做的是好事,只是没有人知道……三娘,方玉衡是你爹爹,你必须认。"

……

三娘在丹若的话里了解到一个不同于其他人口中的方玉衡,可丹若从未告诉她方玉衡除了治水,到底还做了什么大事,也没给她看过这位在她娘亲口里不一样的大钦差到底留下了什么东西。

三娘强迫自己镇定下来,可她的话,还是暴露了她的情绪:"方玉衡不是死了十几年了吗,还有人找他干吗?上坟吗?"

陈二当家本也气愤,但听了三娘这话还是不由得瞪了她一眼:"方玉衡当年确实留了点东西,但你娘说那是他们的定情信物什么的我们就没有动过,还有些书信我们也以为是写给你娘的情诗也没有管,但是好像在出事后东西就找不到了。"

陈二当家仔细回忆了下,当年半部《诗经》都没有学完的丹若收到了情诗,直别扭了几天。刚开始她还藏着掖着不愿意给人瞧见,可在自己琢磨钻研了几天还是不知道诗里写了什么后,才心不甘情不愿地去寻找潘星海的帮助,恰巧被他撞见了,随后这件事被广为流传。

第十二章·上一代的激情岁月

三人就此相识，慢慢地，陈二白和丹若在潘星海的带领下也有模有样地混起了江湖，三人结伴闯荡，一路上打抱不平。从中原到西方边疆，哪里不曾快意潇洒过，三人对月饮酒，舞刀弄剑，困了就睡屋顶，天地同枕席，何等恣意。三人路过花都泛阳时还曾打趣干脆相伴一生，结伴天涯。

百花寨的夜总是不甘静谧的，林间夜莺和鸟兽嬉戏，草丛里也有无数的小东西争先发声，编织着几十年不变的"热闹"。

寨子里的石榴已经熟透了，来不及收的就只能落在地上，流出醉人的红色汁液，在月光若有似无的笼罩下透出些与泥土不同的颜色。

陈二当家提了几坛子酒独自往石榴林深处去了，在一棵系满了红白布条的树下站定，开坛，洒酒，又一言不发地坐了下来，默默地大口灌酒。三娘不曾告诉"潘安"的是，这片花林里，葬着她的爹娘。

其实陈二白的酒量并不好，每次和潘星海等人喝酒都是他最先倒下。而丹若跟他不一样，丹若能喝，也敢喝，什么酒都敢混着喝，当年就是因为一坛杂酒，他们才认识了潘星海潘大侠。

丹若是陈二白的父亲捡来的孤女，就在石榴花下面，七八岁的一个小丫头，水灵灵地站在那儿，不哭不闹也不说话，陈二白的爹干脆给人取了个花名就叫"丹若"，后面养熟了她才开始活泼起来，胆子特别大，什么事都不怕。养父死后守孝刚过，她就撺掇着陈二白出去游荡江湖。

那个时候二人在江湖上还是泛泛无名之辈,而潘星海已经是小有侠名的豪杰了。恰逢临锡有一场酒会,三娘便跃跃欲试地去报了名,当然一路过五关斩六将地如愿进入了决赛。这场酒会报名的人多,能喝的人也多,可是会品酒的人是少之又少。

那酒会的最后一关便是辨别杂酒,四种年份不一、品种不一的酒混合在一起,参赛的人说出具体酒名来。于是很多人听了望而却步,只当体验一把,喝个报名费回来,丹若也抱着喝回本的想法继续在台子上凑着数。

比试的时间已经过去了大半,有少数人陆续说出了一两种酒的名字,也有很多人直接喝光了酒下了台。丹若虽然能喝却也说不出个子丑寅卯,正准备干了最后一杯下去,可是这个时候她旁边的潘大侠就厉害了,一口气说了三种酒出来,然后在众人殷切期望下张嘴就吐了丹若一身,继而晃晃悠悠地倒了下去,原来这人喝不得杂酒。

三人就此相识,慢慢地,陈二白和丹若在潘星海的带领下也有模有样地混起了江湖,三人结伴闯荡,一路上打抱不平。从中原到西方边疆,哪里不曾快意潇洒过,三人对月饮酒,舞刀弄剑,困了就睡屋顶,天地同枕席,何等恣意。三人路过花都泛阳时还曾打趣干脆相伴一生,结伴天涯。

只是后来潘星海最先在清溪扎了根,娶了个落马的官家小姐。

陈二当家有些醉了，倚倒在花树下拍拍泥土，就像在拍着丹若的肩，迷迷糊糊地感叹一句："世事无常啊，一转眼，你们的孩子都大啦，就剩下我了。"

他又把酒往地上倒，咿咿呀呀说些陈年往事，一个人哭哭笑笑的，让身残志坚偷偷跟了来的三娘竟不敢打扰，犹豫了再三准备等陈二当家醉得不省人事后再去把人弄回去。

三娘本想一个潇洒的跳跃飞奔到陈二当家对面的那棵树上坐着，以便更好地欣赏，不，是观察陈二当家的状态，以防陈二当家有什么不测。但是她忘记了自己现在是个伤残人士，愣是刚刚起跳就直接半圈翻滚落地，半分不差地把自己送到了正笑得疯癫的陈二当家面前。两人大眼瞪小眼，随后陈二当家毫不留情地给了三娘一脚，让她把刚刚那剩下的半圈滚完。

"二叔，你喝醉了没？"三娘颠颠地上前，巴巴地望着陈二当家。

"你来干什么？给方玉衡上坟？"陈二当家一脸心烦气躁地瞪着她，半天才冒出句话来。

三娘看陈二当家还有几分清醒，便也靠在树下坐着，陪着陈二当家追叙那些不堪回首的往事。过了很久，陈二当家把潘星海、丹若和他闯荡江湖那些事颠三倒四说了又说，又把丹若和方玉衡那档子破事连嘲带讽地说了一遍，才慢慢停住了话头。

三娘在一旁慢悠悠地剥一个红石榴吃着，吃着吃着眼里就有了泪。

"二叔，潘爹爹没了。"至亲离世的怆然悲痛，她一直忍着，从天龙寨忍到官府，又忍回了百花寨，在这个陈二当家怀念她娘亲和潘星海的夜里，她终于忍不住了，呜咽着说了出来，像是疑问又像是哀告。

"潘安也被抓了。"三娘从小就知道自己同潘安定了个娃娃亲，可父母都是豪爽的人，也教过他们合适就在一起，不合适也不一定要强求，再加上那个小胖子一走就是十年，不告别不联系。她刚开始的几年还去过天龙寨问他的消息，结果得到的回答都是不知道，唯一知道的潘星海就是不告诉她，只是说"该回来的时候就会回来了"。

慢慢地，她就不去问这些了，该练功练功，该玩乐玩乐，还时不时下山去吓一吓那些过路的商人，遇到长得不错的还会请上寨子小住几日。她一直觉得潘安也许不回来了，就像她娘亲一样，某一日就消失了，后来，就在丹若树下了。可现在，潘安突然就回来了，她却先为自己编造了另一个潘安……

说不上什么感觉，就是难受，心像被不同的东西揪住，往不同的方向拉扯。她痛苦得想抱住自己，却发现早已身不由己，再看看束缚自己的东西，竟是来自她自己，原来从那日在山下抢了那个人开始就一步步在画地为牢，又因为她的不放手把几个人都困在了其中。

是她执意抢了个钦差，又用未婚夫的谎言和"百忧解"固执地把人留了下来，但是那人愿意吗？三娘突然想问问自己，再问问那个人。

他怕是不愿意的吧？第一次他记忆有所恢复的时候便那般决绝冷漠地质问过她，若不是后面的"百忧解"和百花寨的谎言，他大概还

是会那样对她的吧，想想都有一点残忍哪！

"三娘，你要知道两个潘安只能留一个。"陈二当家突然正经严肃地对三娘说。

"二……二叔，他没有做什么啊，为什么啊？"三娘难以置信地问。

"人都是有缺点的，就是不容易释怀和容易迁怒，更何况官府和百花寨血仇似海，跨不过去的。三娘，你怎么会不明白呢？潘安我们一定要救的，那个人也一定不能再留了。你，唉，你好好想想吧，早知道就不该惯着你。"

"可是，没有别的办法吗？我爹留的东西呢？找到了就可以救潘安了呀。"三娘着急地说。

"傻孩子，你爹要是有东西，为什么这么多年都没被发现，现在又要去哪里找？"陈二当家叹气。

"我去找，我一定会找到的，二叔你给我点时间。"三娘接着说，"二叔，是我对不起他们，是我的错，你别……"

"三娘，别这样，没有时间了，我们都没有时间了。"陈二当家没有跟三娘说，他们跟官府谈崩了，福光全本来都答应了条件，从此两边井水不犯河水，恢复以往的关系，匪不扰民，只从过路的商客手里收取点过路费和保护费，但是要一路将他们送出地界。这么多年官匪之间无大的冲突也就是依靠这些不成文的规矩。其实云岭的土匪在一方面还充当着镖师的身份，只是比较强势罢了。可突然出来了一个年轻人，二话不说就拒绝了他们的合约，并言明没有东西来换，官府绝不退步，真的潘安也将尸骨无存。

据顾三当家的打探是因为从顺边府借的兵快到期限了，他们必须快速达到目的，否则一切都晚了。

三娘继续和陈二当家争执，可陈二当家已经不想再过多解释，有些事就不要让她知道了，知道得越多反而越痛苦。陈二当家收拾了酒坛子，起身回去，三娘一边说话一边跟了上去。

随着二人越走越远，声音渐渐模糊不能听清，林子里走出来两个人，一个四十几岁的中年男子，从面相上看微微有些发福，想扭头跟旁边的人说话，却被男子阴冷的表情慑住。只见"潘安"眼里一片漆黑深不可测，无端地让人起了寒意，中年男人便只得颤颤巍巍地闭了嘴。

"潘安"本来是去找三娘一起去顾老爷子那里换药的，结果扑了个空也没在意，以为她自行去了，便想直接去顾老爷子那里接她，结果才出院子就遇到了方磊，方磊说邀他去一个地方看戏。这段时间方磊一直若有似无地和他套近乎，他不怎么在意，却也不能太过直接地拒绝，等到了才知道方磊带他去看的可真是一出好戏！

潘安？谁是潘安？我难道不是潘安吗？

那三娘为什么要叫我"安哥哥"，叫得我对身边的一切怪异都不在意，再明显的不对劲都故意忽视，让我一遍遍听着你的声音成了你

最希望的那个人，成了所谓的天龙寨的少当家，土匪窝里的头子。

回忆里他睁开眼见到的第一个人是个笑语盈盈的明媚少女，她心疼地叫着自己"安哥哥"，于是，他把空白的过去留给了那个叫潘安的人，他在面对一些本该认识的人或者记得的东西时时常感到痛苦和愧疚，他常常根据别人的描述为自己编织一份过去的记忆，可是，还是有那么多的空白，也有那么多的破绽……

方磊告诉他，寨子里顾老爷子有一种药叫"百忧解"，还告诉他"百忧解"的作用跟失忆散相似，那么，自己是吃了这种药吗？那又是谁给他喂的呢？

呵呵，他在心中笑自己，这么明显的答案，不是吗？

既然要藏起真相，为什么不能藏得再好一点？让我一直不知道，一直做这个潘安，不好吗？为什么，你连坏人都当得不彻底？

"潘安"站在三娘的院子外面，他想冲进去问问她，很多很多的问题，很多很多的顾虑。良久之后，他回了自己的住房。

既然都到了这个份上了，不查清楚是不可能的，至少要知道自己是谁，而潘安又是谁？陈二当家和三娘要找什么东西？而方磊到底又是什么目的？

一时间，他感到疲惫，前所未有的黑暗袭来，他还没有找到照亮的火烛，只有一堆不知对错的记忆。

他仔细回想了陈二当家和三娘的对话，虽然听得云里雾里，却也隐约明白了当年在钦差方玉衡和丹若之间好像发生过什么事，丹若抢了前来清溪镇完成公务的钦差，有了孩子。可是这个时候方玉衡似乎是出卖了整个寨子，迫使他们去了天龙寨躲避。

也就是说，三娘就是在天龙寨认识的潘安？从出生开始就是青梅竹马，可那小子后面干吗去了，三娘把冒牌货都整出来了……

他自嘲地想。

一不小心又想远了，"潘安"叹了口气，冷静下来继续自己的猜测。

方玉衡手里有什么东西，还很重要，官府的人在找，可是按照陈二当家的说法好像寨子里并没有这种东西，那么，这其中到底是哪一边出了问题？

他，又该是哪一边的人？

其实这个问题也同样明显，他是官府的人，而且，说不定就是那个所谓的来剿匪的钦差，只是，一个堂堂的钦差，怎么会被一个女土匪头子绑了上来，还差点就当了人家的"压寨夫君"，虽然是个假的。

又扯远了，"潘安"对自己有点无语，还能不能行了，认真点，再不认真点，就真的要被陈二当家送出去宰了！

过了一会儿，"潘安"自暴自弃地想，算了，宰就宰吧，三娘说不定会拦着？

第二天，"潘安"照常去找了三娘，结果没找到，倒是在顾老爷子那里遇到了小六子。小六子像是在和顾老爷子争执什么，见他去了，

匆匆对顾老爷子说了句"顾爷爷,你尽量吧,反正也不知道能不能用上",便走了。

路过"潘安"时,小六子还对他说,三娘一大早就出去了,叫他不要乱跑,小心迷路。

"潘安"知道小六子的意思,也没有乱跑,只在后山一带转悠。前山议事出山的那边他去都不曾去,连路过也不曾,倒是在后山又遇到了方磊,他不经意地询问了一些天龙寨的事,毕竟他还是明面上的潘安,他还是天龙寨的少当家。尽管那日去救天龙寨的人时,没一个人叫他少当家!

方磊果然有问题,不仅说了天龙寨的事,还附带拐弯抹角讲了很多三娘的身世,特别提及了她的爹是曾经的钦差方玉衡。

"曾经是什么意思?""潘安"有些不解。

方磊像是知道他要问这个,往四周看了看见没什么人便大胆说道:"方玉衡被丹若抢上山后,就被官府通缉了。"

"不是说后来他出卖了百花寨吗?""潘安"一边皱眉问道,一边留心方磊的神情举动。方磊听了这话似乎有些得意想笑,不过很快他就忍住换成了平时的表情。

"是啊,他一边出卖百花寨,一边又帮着百花寨躲官府,还和潘星海计划了几次反击,真是个摇摆不定的废物。"方磊一脸鄙视,可"潘安"听他语气里似乎有几分激动,不是气愤,更像是窃喜。

"潘安"下午便一直等在三娘的院子里，三娘却是到了天黑才回来，看上去一脸疲惫，药也没换。二人照常说了一会儿话，三娘便说累了想让他走，他既不走也不说话就站在那里，直到三娘带着笑问："怎么了，怕黑要我陪你回去吗？"

"潘安"又在三娘的注视下犹豫了一会儿，才纠结地把遇到方磊及二人谈论天龙寨的事说了。不过他只说他问了天龙寨的情况，方磊却并没有告诉他，他有些不放心。

三娘也犹豫了片刻，想了想还是回答了"潘安"，隐去了深山里的人和潘星海的死，只是说天龙寨伤亡有些大，不过没有什么大问题。

"潘安"又提出想回天龙寨看看，毕竟是自己的家，遇此大难理应回去共渡难关，还着重提及了担心潘星海。

三娘听闻潘星海有些恍惚，她看着"潘安"，心中酸涩险些掉下泪来，只得快速转过身去，一言不发。

"怎么了？三娘，是出了什么事吗？告诉我好不好？""潘安"有些不忍，这个想法刚冒出来又被自己唾弃。

三娘咬了咬唇，努力控制着情绪，她一定要找到方玉衡留下的东西，一定要救真的潘安。

"三娘，是伤口疼吗？我去找顾爷爷。""潘安"确实不忍心了。他见过这个姑娘在花下笑的样子，人比花娇，艳绝芬芳，眉眼之间盛满了醉人的笑意。她一开口，就能轻易地将欢乐带给他人，可不知什么时候，这个原本时时笑得明媚张扬的姑娘，笑得越来越勉强，连哭

都只敢晚上偷偷地哭,一到了白天就要张牙舞爪地去保护别人。或许,她想保护的人里面也有自己吧……

"不是。"三娘蓦地转身把转身欲走的"潘安"拉了回来。

"潘安"还没来得及说什么,只见三娘面容一闪,二人位置交错他便被三娘紧紧抱住,耳边传来三娘略微嘶哑细弱的声音:"没事,所有人都不会有事的,相信我。"若不是两人离得太近,几乎都听不见。

"潘安"狠狠地闭眼,用力抱紧与他相拥的人。哪怕明天就陌路殊途,至少这一刻,我们还能肆意拥抱彼此,聊作安慰。

接连几日,三娘都早出晚归,"潘安"却对此不闻不问就像毫不关心一样,只是每天傍晚都会等她回来,给她准备些精致的吃食,关心着她的伤口,活脱脱一个十足的好未婚夫。同样,他对陈二当家对他的明显防备和疏离也不闻不问,漠不关心,只是每日都扎在顾老爷子那里,像是突然对医术有了极大的兴趣,然而顾老爷子知道,并不是这样。

"潘安"看似对医术喜爱起来,可实际每天都在药房周围闲逛,对一些比较特殊的药材感兴趣,还有意无意让顾轩那傻小子教他辨方认药,对药房里那些稀奇古怪的东西也透露出一点兴趣。顾轩禁不住逗,三下五除二就把药房里的各种粉啊散啊丹的卖了个干净。顾老爷子心想还好自己早有准备,严禁顾轩说有关"百忧解"的事,连一味配药都不能透露,要不然此时肯定被那小子卖得连底都不剩,殊不知,早就有人把这些事添油加醋地告诉了"潘安"。

"潘安"除了在顾老爷子那里晃,还有一个事就是打探潘安的身世。这个潘安自然不会是他,而是三娘原来的青梅竹马,潘星海的亲儿子。

他本不想找三娘,只是寨子里有点分量、知道些往事的人,都被二当家提醒过,不仅对他的问题闭口不言,避之不及,更有甚者反而故意说些莫名其妙的话,话里话外都透出些许对官府和钦差的敌意,更有些对他的厌恶。"潘安"心中知晓原因却装作不解,又故意问了些其他的事,句句都问到了点子上,惹得寨子里的人更加厌恶他,大老远看见他就急忙走开,做得相当明显,丝毫不曾考虑过他的想法。"潘安"想这必是有人授意,连表面的敷衍都不愿意了,看来时间不多了,自己必须抓紧办事了。

除了三娘倒是还有一个人可以给他答案,不过他有些不相信方磊,虽然他也不清楚自己现在能不能相信三娘。

三娘有些意外"潘安"会问这些事,毕竟在他醒的时候,陈二当家就跟他说了一下他的身世,当然说得最多的还是他和三娘的娃娃亲。

三娘看着"潘安"笑了起来,这人,可越来越有意思了。

今天陈二当家找了她,直言让她不要再找那什么根本不存在的东西了,还说"潘安"那小子和你方磊叔的交情还挺不错的。三娘立即明白了陈二当家的话,百花寨里埋了这么久的钉子,终于露了出来,

竟然是方磊。三娘有些不敢相信，但陈二当家言之凿凿又让她不得不信。三娘下山那晚值班的带队原是方磊，却突然成了阿旺，第二日本该留寨的方磊突然下山，又在顾遥那里出事后回来。最重要的是，方磊在清溪县衙附近居然有一处房屋，养了个风韵犹存的女人，竟还有两个孩子。要知道，当年方磊的妻子在百花寨出事时就没了，陈二当家看着入的葬，除此之外，陈二当家还在猜想天龙寨的事情会不会也跟方磊有关系，三娘却更关心他和"潘安"说了些什么……

"潘安"也看着三娘笑，一派坦坦荡荡的笑容，二人此时看起来倒有几分心照不宣的味道。只是下一刻他收了笑意，静静地看着三娘，像在等一个答案，他问："天龙寨和百花寨到底跟官府有什么仇？"

为什么当年潘安会离开，并且数十年了无音信？

为什么你会把我带上山来，并且叫我潘安？

三娘看着他，良久，还是决定告诉他，就当是讲一个故事吧。

三娘告诉"潘安"，其实潘星海和陈二当家、丹若最开始都不想当什么土匪，他们想当英雄，想扬名立万，想快意江湖。之前他们做的都是些除暴安良、帮扶弱小的好事，还经常从土匪手里救下人来，潘星海就从当时的土匪手里救了被贬官回乡的安大人一家。可潘星海虽然救下了安大人一家，却没能护住他们一家。安大人是个谏官，还是个正直得过了头被屡次贬官的谏官，这次更是得罪了人被贬到清溪附近的莒县去做个无关紧要的文职。只是这样他都没能躲过这无妄的杀身之祸，明里被官府的人以勾结匪患追捕，暗里还有杀手锲而不舍地追杀，真是危机四伏。但凭那个时候的潘星海几人哪里护得住，潘星海甚至在后面与官府的几次打斗中发现是有人看不惯安大人，故意陷害，他们却也无能为力。

安大人死后，潘星海为了保护安傲雪不得不咬牙做了个决定，一番追杀，一个清正廉明的文官丢了性命，终于逼得几人落了草为了寇，开始了与官府几十年的纠缠。

潘安的娘亲安傲雪学了她父亲的铮铮铁骨，宁折不屈，潘星海救下她时，她正用一把匕首向自己腹部狠狠插去，若不是潘星海一声住手让她卸了几分力，怕是片刻不到就要香消玉殒。就算是这样，安傲雪的匕首也刺入了两分，留下了隐患，身子越来越弱，后来生下潘安便一命呜呼了。

陈二当家和丹若在帮助潘星海稳定局势后便离开继续游历，后来丹若在京都认识了方玉衡。那个时候，方玉衡刚刚过了殿试，作为宋侍君宋丞相的养子兼得意高徒喜得探花，当即打马游街，喝的是御赐的春酒，赏的是花都泛阳运来的牡丹，人又是风度翩翩，温润如玉，当真是风光无限，一眼就勾住了丹若的魂。

丹若性格直爽豪放，在她的刻意接近下，方玉衡从刚开始避之不及到后来的慢慢习惯，二人的相处模式就是这样，丹若不慌不忙，慢慢地磨着，硬是磨出了个两相情愿。就在陈二白收到丹若的信从清溪

赶来以为能参加二人喜宴时，丹若却拉着方玉衡快马出了京都。

原来宋丞相对方玉衡另有打算，他要他最得意的弟子娶他最疼爱的女儿。那日，方玉衡偷偷地去了宋府，本是想请宋侍君为他主婚，他要娶丹若，却被困在了宋府。丹若在家中等候，没等到方玉衡回来，却等来了方玉衡要和别人完婚的消息。一气之下，她闯了宋府。宋府红绸满院，喜气一片，却也戒备森严，她还没闯进去就被赶了出来，一次又一次，直到后来方玉衡出来，一身大红喜服面色平静地邀她进去喝杯喜酒。

后来谁也不知道发生了什么，没有人在意这个，因为后面的恩恩怨怨无比惨痛，足以让所有的甜都化作苦涩的酒，不堪入口。百花寨被围剿，丹若被迫带人去天龙寨避难，最后丹若死了，潘安离开，三娘又被匆匆带回新的百花寨……

一幕一幕，就像戏剧似的没有开始的缘由却陡然让人陷入了悲痛。

这些都是陈二白闲来无事告诉三娘的，但无论三娘怎么问，陈二白都不肯说为什么潘安要离开，为什么她爹要出卖百花寨。

三娘寻了这么多年的真相，也只得了个模糊的推测，并没有人可以帮她验证。

她推测潘安被潘星海匆匆送走，她被陈二白仓促带回是因为那年的旧事被人重新提起。安大人虽然身死，可他的后人还在，这世上有的人总是这样，不把一切的杂草除干净就不敢让春风来。潘星海藏了十来年，还是被那些人寻到了踪迹，潘星海怕两个小孩出事，于是干脆都送走，他一个人什么也不怕，什么也不惧。

三娘记得潘星海那身伤就是那个时候留下来的，顾老爷子为了替他保命，在天龙寨待了一年有余。

这些她自然不会跟"潘安"讲，丹若曾经跟她说，既然要骗一个人就要骗到底，爱恨也是如此。三娘把陈二当家当初编的那套青梅竹马两小无猜长大提亲的话又跟"潘安"原封不动地说了一遍，有些记不住的情节说得极其敷衍也不在意。

"潘安"听完一脸沉寂，没说什么就走了。第二日，三娘仍是早出晚归却没有再见到他，三娘等到月满中天，星移高阁仍没有动静，便和衣睡了，那个人应该不会再等她了吧！

第十三章·官府里也有个潘安

很快,一个较圆润的青年被绑着带了上来,他的嘴被堵着,一路上还在呜呜咽咽地叫着什么,使劲挣扎着。三娘看这人,没有一点眼熟,但是胖得很眼熟,果然那小胖子长大了也没瘦!

三娘突然拦住了要去顾老爷子那里帮忙的"潘安"，带着他去了后山，那里有一片石榴林。石榴花开了一个多月，早就蔫头蔫脑地落完了，只有漫山遍野不知名的野花肆意地开在两人脚下，一片姹紫嫣红。不过两人都不在意地下，只一味看着远处，整个林子被翠绿笼罩，浓郁的绿色里露出些殷红的果子，偶尔飞过几只胡乱追逐的燕雀，和风吹过，窸窸窣窣作响。

二人一路走着，也不说什么话，良久的安静在三娘把人带到那棵满是红白绸带的树下结束了。

"这里面埋的是我爹和娘亲，二十年前的钦差方玉衡和百花寨大当家丹若。"

三娘对"潘安"介绍，同时在心里为方玉衡和丹若介绍，外面的是现在的百花寨大当家和另一个钦差。想了想，三娘忍不住笑了出来，命运如此相似，就像刻意捉弄一样。

"潘安"应了一声，也不再言语，他猜不到三娘带他来这里的用意。

二人站了一会儿，又往回走了一段，直到看不见那棵大树，气氛有些怪异，不过二人都没有说出来，还在装作若无其事。

"好了，就这里吧。"三娘找了个斜坡坐了下来，伸直腿交叠起来，拍了拍旁边的地，仰头示意他也坐下来。

"潘安"看了看她，再看看地上，泥土有些微的湿润，还有各色不知名的野草野花，嗯，他有点不想坐，略脏。

三娘瞧着"潘安"，没有错过他眼中暗含的嫌弃，突然笑着把人拉了下来。"潘安"没有防备被拉了个猝不及防，跌坐在地，他瞪了三娘一眼也不挣扎了，伸直一条腿，挨着三娘的另一条腿屈着，转过头表示自己并不想和旁边的人说话。

三娘撇撇嘴故意凑到"潘安"的面前去做了个鬼脸，"潘安"又放下屈着的腿，伸直另一条腿。三娘看这人脸色平静，只是眉头微微蹙起，显然是在生闷气，她也不故意去逗弄人家了，站起来去摘了个看起来熟透了的石榴送到他面前。

"喏，我请你吃石榴啊，安哥哥。"姑娘特意放低了声音，听起来还挺像撒娇，软软糯糯的，有些挠人心弦。

"潘安"有些愣怔，三娘还没有这么跟他说过话，他愣了一会儿看着三娘说："你先跟我道个歉。"

三娘有些惊讶，这是小胖子潘安附体了？随后又有些犹豫纠结，她长这么大还没有跟谁道过歉，虽然除了那个小胖子也没有人敢让她道歉，毕竟土匪窝里，首先讲的还是实力，不服，那就打服了再说！

三娘纠结了许久，想了无数个代替道歉的法子，都被旁边的人一口否决了，他只要三娘给他道个歉。三娘思来想去，只有无数次按捺住自己一巴掌拍死旁边这人的冲动，郁闷、快速、几不可闻地说了句"对不住，我错了"，说完就把头扭向一边，懊悔不已。

哪怕只有蚊子般低语的声音，"潘安"还是听到了，他眉眼一弯，嘴角一扬，神情就明朗了起来，顿时如夏风拂过心海，带起阵阵涟漪，激起无数的花开花落。他觉得天地在一刹那明媚了起来，处处鸟鸣莺啼，花香四溢，仿佛又临暖春。

三娘也有些没料到，自己一句道歉竟有如此大的威力，不过他笑得可真好看哪，如山间四月冰泉解冻，桃花始开，悄无声息便勾得人失魂落魄，欲罢不能。

她哪里想到她这句道歉可是连小胖子潘安都没有的，天地间独独这么一份，不属于任何人，只属于眼前的他。

一时间，二人竟有种冰释前嫌的感觉，相视而笑。

三娘对他说了自己的身世，按照她嘲笑过的小六子的说法，不过没有梨花带雨，连语气都没有变过。她就像在讲一个梦中的故事，带着刚刚醒过来的迷茫和无助，她在娘亲肚子里就遭逢家变，自小寄养在天龙寨，幼时娘亲去世便父母双亡，再大一点就随陈二当家回了重建的百花寨，习武，打家劫舍，说不定玩玩闹闹抢个小白脸儿回寨子

当夫君，也说不定等真的潘安回来了就嫁给他，生两个小土匪，这一生就这样过去了。

"你知道吗？我小时候听二叔说戏，他说里面的大侠总会娶个温柔似水的如花美眷，就像潘爹爹一样。而里面的土匪总是抢个怨偶回去不得善终，就像我娘亲一样。我不信他，总是跟他对着来，一有机会就爱下山抢些人回来，不过抢回来的人，他们都害怕，不害怕的就嫌弃厌恶，一个都没有留下来。"那个时候陈二当家提了几句，三娘就认了真，一次又一次去尝试，根本不知道什么是戏里的一往情深，更像是孩童的偏执赌气。

"潘安"笑话她用错了方法，他说："你听错了话本，一开始你就应该骗他们你是来报恩的狐女天仙，下凡入世来与他们共谱一段人间真情，再用点顾老爷子的迷魂散、'百忧解'，日日陪着他，由着他，保管再铁石心肠的人也会心动情迷，化为绕指柔。"

三娘瞪他，他还不肯闭嘴："最好啊，你要找个彻底与世隔绝的地方，别让他见其他人，让他除了你谁也见不到，除了你谁也爱不了，这样你们才没有猜忌，没有争闹，也不要让他去理会外面的风风雨雨，安安分分地过你们的日子，这样多好啊。"

说着说着，"潘安"干脆拉着三娘躺了下来，微微湿润的泥土，周围萦绕着青草花香，其实也不是那么不能接受，还挺舒服。

二人此时剥去了心里的不得已的隐瞒,开诚布公,偶尔讲些玩笑话,竟也融洽得当,仿佛已经认识了好多年,没有任何的秘密和欺瞒,知道对方说的每件事。

三娘枕着"潘安"的手臂,一侧头便能看到一双黑色的眼睛,眨也不眨地盯着她,像是要把这一刻当作万年,深深记在心里。三娘看到自己的影子出现在他的漆黑瞳孔中,柔得像水一样,她想,哪怕这个人的眼里没有万里银河星辰也是那么漂亮。

突然,"潘安"眨眨眼,问她可不可以讲些她和潘安之间的事。

三娘想了片刻,他要听的是小胖子和小土匪的故事,那段青涩的青梅竹马,其实她已经没有很多印象了,不过她还是给他讲了。

小时候她嘴甜人长得也可爱,深得潘星海的喜爱,所以在天龙寨里无法无天,欺负起小胖子潘安的时候更是理所当然不知愧疚为何物。无论二人是漫山遍野捣蛋,还是偷偷地跟着踩点的叔伯们下山打劫,都是她的主意,被发现后她嘴一撇一咬唇看几眼小胖子就低着头不说话了。那小胖子也不会告状更不会辩解,每次都被潘星海揍得鼻青脸肿的。

不过,后面潘星海就没机会再揍他了……

三娘也没机会漫山遍野地淘气了,她逐渐地适应了百花寨,从一个野丫头变成了一个武功高强的土匪头头。

"他们那是惯着你,哪里是不知道真相?""潘安"低笑着说。

三娘也跟着乐，她跟躺在身边的人说："娘亲还问过那小胖子，他说一人做事一人当，懒得与莽夫之辈争辩。潘爹爹听了这话倒是没有揍小胖子，就是罚小胖子每日到他那里去背书。背了一个月，那小胖子每天晚上都做噩梦，梦见自己成了一只书虫，还被一本怎么啃都啃不完的天书压着。"

　　"那，他去干什么了？为什么没有来接你？"他的手有些酸，语气却是淡淡的。

　　"不知道呀，他没有告诉我，走得很仓促，一觉睡醒，我就回了百花寨，他就去了外面，我们连告别都没有，也没有什么约定。"三娘对于这件事一直觉得就凭潘安一句话没有留下就走了，这娃娃亲也不能留着，这样的男人肯定靠不住，对此二当家总是一脸看破不说破的无奈。

　　"三娘，你知不知道你这样的女子在江南是要被浸猪笼的。"那人眼里满是促狭的笑意，一本正经地说着。

　　三娘愣住了，随即道："谁敢！来试试啊！"

　　"好啦，谁都不敢，你这样的才是对的，好了吧？"潘安搂过她张牙舞爪的手安抚道，谁也不曾注意到他语气里的宠溺与纵容。

　　"对呀，谁知道他能不能回来嘛，万一回不来我岂不是还没嫁就要守活寡？而且，他那么胖，回来了我可能会逃婚。"不知不觉间，三娘把后面半句也嘀咕了出来，惹得旁边的人大笑，同时在心中庆幸自己的好皮囊。

那段时间三娘一直念着去山下面绑人，其实很少记得还有个光明正大的未婚夫。

"那他，回来了吗？"他想了想，还是把这个问题问出了口。

"回来了，很快就要回来了，他见到你一定会自惭形秽到死的。"三娘很快回答。

"因为他胖吗？真是个肤浅的人啊。"他偷偷地在她发间印下一个吻，真好，我们都是这么肤浅的人。

"嗯，就是这么肤浅，你还不是一样，哈哈！"

"三娘，如果我不是那个人……"他话说了一半，突然就说不出口了。如果他不是那个人，方磊凭什么帮他，寨子里的人为什么这么防他厌他，三娘又为什么……

"傻瓜，你不是他，你只是安哥哥。"

三娘爬了起来，笑着往前面跑。"潘安"就躺在地上，看着她像云一样跑远，逐渐消失在眼中。

可能是顾老爷子年事已高，配的药也真真假假有了水分，也可能是白日里受三娘话的影响，"潘安"的脑子里不由自主地涌现出了一些画面：少年背着夫子偷偷摸摸地编了根头绳，却没有送给喜欢的姑娘；少年长大了在官道上扬鞭策马，意气风发。

在三娘与他谈话后的梦里，一会儿是漫山遍野的石榴花，两个小

孩子一前一后追逐着，笑声弥漫了整片天空；一会儿是穿着石榴色裙子像只蝴蝶的小姑娘拿着两把小斧子，胆大包天地打劫。

醒来后，他看了看房里的东西，没什么特别的，他当时来百花寨带的东西，方磊说在陈二当家那里是拿不回来了，换洗的衣服也用不着带，还有些小玩意儿都是三娘拿来的，甚至这屋里的所有东西都是她硬塞进来的。

就这样吧，什么都不带走，就像那个潘安只是下山去给喜欢的姑娘买爱吃的糕点，哪怕再也没有机会回来……

三娘晚上没有待在房间里，她偷偷地去了陈二当家的书房，这几天大概又在准备和官府开打，陈二当家和顾三当家都没有在寨子里，倒是方便了她行事。

陈二当家的书房里各种玩意儿都有，书籍字画，虽然不怎么看，但还是要放在架子上摆谱，兽皮牙骨这些也随意摆着，充分显示了这不是什么正经人家的书房。不过，这些都不是三娘要找的东西，她翻箱倒柜，差点把自己砸着也没找出来要找的东西。

不在书房，难道在卧室？三娘想了想又否决了，陈二当家的卧室比他的脸都干净，而且按照以往的经验，他有重要的东西一定会往书房藏，就因为东西多，不好找。

还能在哪儿呢？这天上地下都快找遍了。

突然，三娘抬头看了看，不是吧，这也可以！

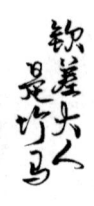

三娘费劲地把藏在房梁上的东西弄了下来，打开一看，果然在里面，两块钦差的令牌，两块非金非银刻着奇怪纹路的牌子，一新一旧，还有些书信，看落款，应该是方玉衡写的，还盖了私章。内容她看了一下并不是什么要紧的，都是些寻常的问候和一些酸掉牙的诗句，这应该就是方玉衡当年给丹若写的信吧。

她想了一下，还是一起带上吧，万一有用呢，毕竟这确实是方玉衡留下的东西。她给陈二当家留了封信，写了点这几天她查到的东西。

拿了陈二当家的东西后，她又去了趟顾老爷子那里顺了几瓶迷魂药和常用的伤药，本来还想顺路去"潘安"那里看看，后面不知怎的又打消了这个念头，反正明天就要走了，见不见也没什么关系吧！

百花寨如今并没有多少人守着，大部分主力都去了清溪，伙同其他寨子里的人，他们挡在城门与众多寨子之间，形成了一堵坚实的墙。这场匪与官的斗争，注定了必须要轰轰烈烈地解决。这么多年，这是官府第一次如此大规模地剿匪，也是百年来这么多土匪第一次合作抗争，无论从哪一方看，这场战斗都不能轻易结束，也不会轻易结束。

寅时刚到，本来该三娘带人去替换值夜的兄弟，可是三娘在头一天就把带队的人换成了方磊，不过叫了小六子带人在一旁偷偷地盯着，"潘安"走可以方磊必须留下。三娘在子时就偷偷地抄小路下了山，她必须在真正的钦差出现前把潘安救出来，如果救不出来就拿自己换！

她没有想到的是，本该在寅时方磊值夜时才下山的"潘安"竟和她一样在子时刚过就溜下了山，还是顾轩那小子配的迷魂散，让他光明正大地出了寨子。

二人一前一后，三娘自然是没有发现"潘安"的，"潘安"还是快到清溪西城门时才注意到了三娘，随即一路偷偷地跟着，结果发现他们俩的目的地是一样的。

清溪一共四个城门，官府占了两个，土匪现在也占了两个，除了要紧的事平时根本没什么人敢在城门口溜达，毕竟不知道什么时候两方就会交战。西城门就是官府占的一个城门，还是离清溪府衙最近的一个城门。

三娘想不到一进到官府就遇到了熟人，福光全坐在上座，捧着一杯刚沏好的茶，正装模作样地品着，看见来的人是三娘顿时不怀好意地笑了笑。

"你既然是来赎天龙寨那小子的，就该先把东西拿出来瞧瞧。"福光全上下打量着三娘，倒像是迫不及待想验验货的山匪一般。

"东西自然是拿来了，可人你也应该让我见见吧！"三娘把两块钦差的令牌和一块特殊的牌子一块儿抛了过去。

福光全看了看放下了茶杯，低声对一个小吏说了点什么，那人拿着钦差的令牌立刻跑了出去，福光全则把那块特殊的令牌收了起来。

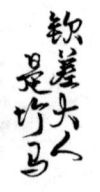

"大当家，马上就让你见见熟人！"福光全依然笑着，笑得让人

很不舒服，三娘皱了皱眉，并没有说什么。

"大当家还带了什么筹码来，不如一块儿亮出来吧，省得大家动粗。"福光全突然站了起来朝门口走去，屋子里也围了很多兵，三娘意识到似乎出了什么问题。

"你想干什么！你们钦差的命不想要了吗？"三娘喝道。

"大当家别急啊，钦差大人不是马上就到了吗？"福光全话一出口，门口似乎传来了打斗声。

福光全有些吃惊，赶紧叫人出去看看，三娘趁这时抢先往门口退去。

她敢一个人闯进来却没有把握全身而退，仰仗的不过是钦差还没有找到的时间差以及二当家他们应该会在这两天再次要求谈判。土匪们其实并不想一直过打打杀杀的生活，这样对谁都没有好处，他们只是想要官府拿个章程出来，想老老实实地过点自在日子。其实现在已经很少有土匪靠着打家劫舍养活一寨子人了，这云岭山脉一条道大大小小的匪窝不说，单单清溪这一个地方周围就围了一层又一层的山寨，这么多土匪，那么点过路的商客，哪里够分！

三娘是吃准了这个时候的府衙不会有太多的人，她一向仗着功夫高无法无天惯了，况且上次被福光全抓的面子还没有找回来，因此现在一动手她就奔着福光全去了。不得不说，毕竟是当过兵有过军功的人，虽然过了几十年养尊处优的安逸日子，基本的反应还在，不过反应在是一回事儿，能不能反应得过来又是另一回事了。

普通的刀剑在三娘这强横无比的板斧面前根本不够看的,她横着一扫,再往上一挑,基本扛不住的都要往后退点,力气小点的能直接挑脱了手,有个别坚强的挺过了这次,当三娘再压下来也扛不住了,所以没用几招三娘就蹿到了福光全身边,直接反手劈了下去。福光全往旁边侧身闪了一下避开了,三娘干脆对着他使了个虚招,趁着他躲的时候转到了他身后,斧子冰凉的触感让福光全不禁抖了抖。三娘把斧刃直接架在了他脖子上,警告他不要乱动,毕竟这么大个东西,不好收招,伤着点可就不好了。

"福大人,潘安呢,把人给我交出来!"三娘看了看周围的人,慢慢地往外面空地上移。不过刚刚移出去她就有些惊讶,瞅了瞅福光全,发现他也是一脸震惊,他想府衙今儿个运势不好,找碴的都赶在了一块儿,还个个都不是省油的灯。

三娘吃惊的是外面打得激烈的两个人一个是本来应该在路上的假潘安,一个是上次在地牢门口有过一面之缘的劲装男子,毒蛇一样的眼神,让人记忆犹新。

不过这两人怎么会打起来,上次他们闯官府的时候都是蒙面的,按理说应该认不出来啊,认出来了那个时候假的潘安就走不了了。可现在又没遮脸又没夜深的,两人怎么打得越来越狠,看得三娘都忍不住想上去试试,但她还是忍住了,拍了拍福光全:"这两人谁啊,打得这么卖力?"

"潘安"跟着三娘到了府衙门口,看着她进去后本准备去旁边的驿馆,那里住的应该是钦差带的人或者其他的官员,他想去看看有没有认识他的人,毕竟他没有什么能证明自己的身份,只有看看有没有人记得他这张脸。谁知,他还未转身就听见背后招式破空的声音,急忙避过回头看,原来是熟人!

"潘安"跟劲装男子一来二去的虽没有落下风,却被旁边的小士兵围着往府衙里面打。他手上的刀还是刚刚顺手抢过来的,挡了那人几招后就裂了,他无法只有边退边打,想着去哪里弄个称手的不容易坏的兵器,要不然他还真扛不住那人虎狼般的攻势,关键是招招都毫不留情,让他不禁皱眉,怎么回事,难道我不是官府的人,还是只是他们没见过我?

"快,拿下,把人给钦差大人拿下!"福光全没有一点身为人质我为鱼肉人为刀俎的觉悟,还大声地朝旁边嚷嚷。

三娘只得把他的头往斧刃上按了按,成功地听到了刚刚还在瞎嚷嚷的人害怕的抽气声。

"快给我把潘安带过来,要不然我……"三娘使了点劲,情况有些复杂,还是早点撤比较保险。

"来了来了,已经叫人去带了,大当家轻点啊。"三娘看着空地上两个人的缠斗,皱了皱眉,并没有看到福光全朝旁边的人使的眼色。

突然,现场形势有了明确的变化,门外出现了几个黑衣人,一进

来都不要命似的往前冲,招式狠辣,跟劲装男子配合得也很默契。渐渐地,"潘安"不敌,终于腹部被刺,一脚踢空后便被劲装男子一脚踩在了脚下。三娘有些震惊,这到底是什么意思?自己人还要往死里打自己人?她不禁把福光全抓得更紧,看来今天这个府衙大门出去有点困难啊。

不到片刻,三娘就改变了刚刚的想法,不是困难,是根本出不去了!

劲装男子拿下了"潘安"之后,根本不管福光全的死活,直接带人朝她奔了过来,她被逼得退回了房里。

"你们不要他的命了吗!"三娘一边艰难地用一只手挡着,一边还要注意着不要真把福光全给宰了。

"钦差大人,救命啊,我有东西啊,我有她手上的东西,救我,救我啊。"福光全吓得有些哆嗦,他大概也想不到他口中的"钦差大人"会直接无视他。

劲装男子听闻,打了个手势叫停,眯着眼打量着三娘和福光全,三娘有些难以置信地看着他和受伤的"潘安"。

很快,一个较圆润的青年被绑着带了上来,他的嘴被堵着,一路上还在呜呜咽咽地叫着什么,使劲挣扎着。三娘看这人,没有一点眼熟,但是胖得很眼熟,果然那小胖子长大了也没瘦!

不等三娘仔细观察被带上来的人,劲装男子便把那个胖子跟腹部受伤的"潘安"拖到了一起。那胖子见了"潘安"更激动了，一个劲地在扭动，还朝"潘安"直叫唤，可惜，没人听明白他叫了啥。

劲装男子踢了胖子一脚，一手抓着胖子一手抓着"潘安"，继而看向三娘："你想用福大人换谁？潘安和他只能选一个。"

三娘突然觉得后背有些发凉，心里也开始发虚，胖子是潘安，劲装男子是钦差，那"潘安"又是谁？

这到底是怎么回事？

"潘安"不是潘安，他也不是钦差，那他到底是什么人，又为什么会在这里？

这到底是圈套，还是……三娘觉得头有些发晕，无数画面从她眼前闪现，又被对面的人冷眼刺穿，她莫名想到"潘安"问她的话："三娘，如果我不是那个人……"

被制住的"潘安"也看着三娘，暗暗摇头。三娘知道他的意思，这些人都不可信，他要她自己走。

一场猜忌与隔离，竟然会以这样的方式落幕，谁也不知道这是一场怎样荒诞无稽的笑话。

第十四章·再次入狱见熟人

三娘则被他这种说话的方式整得有些不适应,不是一般"一言难尽"后面接的都是"我慢慢说给你听,说来话长",后面都是说"长话短说"吗?怎么到他这直接来了个干脆不说?三娘顿时感觉自己一颗热烈的想听点八卦趣事的心被一盆凉水浇了个透,拔凉拔凉的。不过人家不愿意说,三娘也不能强问,毕竟都是一起蹲过大牢的人,还是两次的交情。

三娘这是第二次入狱,连地方都没有变过,还是被关在柴房下面的那个地牢,又小又窄,还有个熟人。三娘一看他就乐了,那个吃货,叫啥来着,柳食烟!

"你怎么又进来了?"三娘朝他扔了根树枝。

柳食烟回过头来,一脸悠然地看着她,半晌才说:"什么叫又,我根本就没跑掉好吧!"那天,他才刚刚跟着小六子出了柴房,贴着墙根往外跑,好不容易才跑出府衙,还没来得及喘口气就被抓回来了,简直是又绝望又痛苦。

"你到底干了啥,他们要抓你啊,还关在这里,这儿一般人进不来吧?"三娘实在是想不到,这人如此没用,那么好的机会都没有跑掉,又看他有些惨,不忍心再继续戳他的伤口,就问了点其他的事。

"唉,一言难尽啊,说来话长,说了你也不懂,算了,不说了。"柳食烟叹了口气,面容哀戚,神色颓败,相当郁闷。

三娘则被他这种说话的方式整得有些不适应,不是一般"一言难

尽"后面接的都是"我慢慢说给你听,说来话长",后面的人都是说"长话短说"吗?怎么到他这儿直接来了个干脆不说?三娘顿时感觉自己一颗热烈的想听点八卦趣事的心被一盆凉水浇了个透,拔凉拔凉的。不过人家不愿意说,三娘也不能强问,毕竟都是一起蹲过大牢的人,还是两次的交情。

"那你跟我说说你上次给我吃的药丸是什么呗?"

"跳珠的解药啊。"柳食烟大概是在里面待久了太过无聊,连基本的防备都降低了很多,说完就一脸恨不得自裁的表情。

面对饶有兴致的三娘,柳食烟干脆破罐子破摔,又讲了些东西出来。

"算了,告诉你得了,你听过一句诗吗?黑云翻墨未遮山,白雨跳珠乱入船。"三娘正想说句没听过,却发现柳食烟压根就没有停下来的意思,他似乎陷入了某种回忆里,根本容不下他人插话。

"这是几十年前的两种名药,两种至毒至圣的药,流传于江南的翻墨和京都的跳珠,传说中它们都是一瓶千金难寻,只看缘分。得到的人少,用的人就更少,可这丝毫不影响人们对它们的夸赞和诋毁。"柳食烟说到这里狠狠闭了下眼,"几十年前,有人想知道跳珠和翻墨到底哪个更厉害,就做了一场比试,他们给很多不同的动物喂了跳珠和翻墨,结果却都死了。他们不相信就找了活人来试,二十几个人,只活下来两个将死之人,此后,这两种药就都被禁了。可笑的是那些人根本不知道跳珠和翻墨就是由同一个人所制的,不过跳珠里面多了一味商陆,那人又在比试用的翻墨里面加了一味商陆,所以那场比试里无论是解药还是毒药都成了剧毒,害了无数的人。直到二十几年前,这两种药又出现过一段时间,不过那个时候已经无人再分得清什么是翻墨,什么是跳珠了……"

"还是不明白,你到底在说什么……"三娘越来越糊涂,跳珠是什么,翻墨又是什么,什么毒不毒的?

"本来就是奇药,用对了就起死回生,用错了就害人性命,一念之间的事,竟弄得风风雨雨,那么多人不得善终。"柳食烟感叹,他看了一脸茫然的三娘后接着说,"商陆,又名胭脂草,胭脂草,女儿心啊。跳珠和翻墨同时吃是没有问题的,翻墨单独吃也没有问题,只是有人偷换了比试的翻墨,这才导致那些人都死了,没死的不过是运气好,本来就只剩一口气,以毒攻毒反而捡了一条命。"

看三娘还是有些茫然,不过他却不准备继续解释了,多少年前的旧事了,无论是制药的还是尝药的都死绝了。

翻墨是解药,跳珠是毒药,可试药的那些人命不好,拿到的是假的翻墨。

"那你给我吃的是什么?这毒是从我娘亲那里就有了的。"三娘对柳食烟说。

"翻墨呗,除了它,世上没有什么能解跳珠的毒,本来你早就该

死了，幸亏有人一直给你吊着命，小姑娘命大啊，跳珠都能缓这么多年。"柳食烟又恢复了那副看似严肃的样子，一本正经地打趣。

他以为三娘会说点什么，结果那个小丫头直接"嗯"了一声就抱着腿不开腔了，像是在想什么东西。

三娘确实在想，听陈二当家说当初的毒是方玉衡给丹若下的，那个时候，她爹是真的想害她娘，还是只是没有分清楚跳珠和翻墨……

不过顾老爷子确实厉害，吊了她娘亲的命几年，还把她的命也吊了这么多年，真是不容易啊，就是不知道这条命在别人手里还能不能活得再久点。

不过，三娘心想按照那什么钦差的意思，她不仅还能活一段时间，还要活到京都去。就是不清楚潘安那胖子和受伤的那人能跑到哪里去，应该已经到了二当家的地盘了吧？二叔会相信他吗？有真的潘安在，应该会吧！

她在外面的时候仔细想了想，她带着福光全，再带上那两个人其中一个怕是谁也走不了。毕竟福光全在自己手上，方玉衡的书信也在自己手上，还有一块奇怪的令牌，那个钦差肯定不会让自己走的，说不定拿到了东西就会直接灭口，所以在那个时候，最好的办法就是……

"你要的是方玉衡的东西，而我是方玉衡的女儿。这样吧，你放他们两个走，我留下，东西我也交给你，但是他们必须安全离开，否则，都死在这儿你也拿不到东西。"福光全被她吓得连连点头，钦差狠狠地瞪着他们，可是，三块令牌她给了福光全，书信在三娘手里，说不定,自己真拿不到。

钦差无奈还是放了人,毕竟人没了还可以再抓,东西找不到可就不能回京都复命了。

"不许跟着他们,都不许动,谁动一下,我就给你们福大人一刀!"

三娘看着那胖子潘安松了绑就想嚷嚷什么,不过瞅了瞅身边的刀还是忍住了,只是小心地扶起了受伤的人,眼神颇为复杂、懊恼、纠结、庆幸、难受。一时之间,三娘愣是没理会他要表达什么,只得嘱咐道:"他知道地方,你们去找二当家。"

她不怕有人跟着找到了陈二当家的地方,就怕这些人对陈二当家不感兴趣,不过,看他们这眼神,应该是没问题了。

接下来,就听天由命了,希望那胖子潘安可以机智一点,算了,还是祈祷他可以多撑一会儿吧!

不过没等她想多久,地牢就来了人,福光全带着人下来了。三娘见他脖子上已经处理过了,包了一层纱布,不过由于脖子粗短,看起来格外扭曲。三娘强忍住了笑意,不过人家死活不领情,一个劲地恶狠狠地盯着她。

三娘摸了摸鼻子,问了句:"福大人怎么来了?"

"你们是不是串通好了,你来府衙捣乱,陈二白给我在城门外捣乱!"福光全气急败坏地吼,他本想以其人之道还治其人之身也绑了三娘直接去外面威胁陈二白,可钦差大人直接拒绝了这个提议,还说

不准动三娘，不能让任何人知道她在这里。而且按照钦差和顺边府那边将领的意思，两人似乎都有要和那群土匪和谈的想法！

"真默契啊，要不怎么是亲人呢！"三娘笑得有些夸张，还真没想到，二叔和她还能有配合的时候，看着福光全被气得脸上的横肉直抖，她就莫名想乐，真像一只圆溜溜的黄鼠狼啊。

"你别得意，陈二白既然在这边，那你们百花寨就等死吧！"福光全扔下一句话就气冲冲地走了。他和钦差谈好了，和谈可以，不过既然是千里迢迢专门来治匪的钦差，只灭了一个天龙寨可说不过去，怎么着也得把百花寨给一块端了。二十年了，他做梦都想灭了这两个寨子，区区一个潘星海死了怎么够！

"你什么意思？"

"潘安"一只手架在那胖子的肩上捏了把从地上捡的不知是谁的破刀，一只手捂着腹部的伤口，不过效果不大，血还是在流。他瞟了一眼那里已是殷红一片，他的手有点颤抖，唇齿也仿佛被冻住了，说话有些费力。

"你先往北门走，快点，后面的人不要管他们。"按照他对这些土匪的了解，陈二白他们此时应该在东门，那里离府衙远，不过离山里近，方便撤离。北门应该也有人，应该是叶温或者铃铛寨主，应该还有天龙寨的人吧。不过也没什么关系了，后面跟了几个人，只是几个普通的小兵，拼一下，应该可以拖延片刻。

他侧过头看向旁边这人，是挺胖的，不过也不是特别难看，圆圆润润的，长得还挺喜庆。这就是三娘的潘安吗？他在心里嗤笑一声，可真不怎么样，胆子也小，从出现开始就一直哆嗦着想说点什么，这时候还没敢说。

不过，那胖子一开口就成功地把他给唬住了。

那胖子紧张兮兮地叫他："公子，我……我跟他们说我是潘安，他们就把我给抓了，你……你没事吧？"

"你不是潘安，那你是谁？"胖子一句话没说利索，倒是惊得他把捂着伤口的手给松了不少，拧着眉问他。你不是潘安是谁，你不是潘安你长这么胖，还要人去救你……他在考虑如果这人不能跟他解释清楚自己是谁，潘安是谁，他干脆给这人一刀算了。头都晕了，不止伤口扯着疼，五脏六腑都像要炸了一样。

"我潘灵子啊，公子，你不认识我了？"潘灵子大惊，还停了下来准备好好看看他扶着的人，这是怎么了，失忆啦！

"你是潘灵子，那潘安在哪里？""潘安"觉得有点绝望，搞半天救错人了，还把三娘留在了那里。

潘灵子下一句话就让他不仅是绝望，还有些许崩溃，他听见潘灵子说："你啊，公子你才是潘安啊。"潘灵子说的时候特意压低了声音，不过就凑在他耳边说的，他听得一清二楚。

他觉得更晕了，不知道是被气的还是郁闷的，也可能是失血过多

175

了。

"你说什么?"他听见自己问了一句。

不,不是的,他不可能是潘安,他怎么可以是潘安呢?他怎么能是潘安!

他要回去,他要去问……

问谁?谁知道他是谁?谁能帮他?铺天盖地的迷茫和无助袭来,他的头越来越痛,烦躁、心悸夹杂着浓郁的痛苦,他快承受不住了。

他大叫一声甩开了潘灵子的手,朝着官府那几个士兵就冲了过去,他需要发泄,又或许需要疼痛,只是他此刻最不需要的就是清醒和真相。

"公子,你怎么了?"潘灵子在大声惊叫。

听不见,他什么也听不见……

"你不是她的潘安,你是……"谁在跟他说话,不知道,一刀挥了过去,什么也没有。

"潘公子,真不愧是天龙寨的少当家,年轻有为啊……"又是谁在笑,谁!

"不,你不是他,你是安哥哥。"

他眼前突然陷入了一片黑暗,只有那些声音还在不断重复,一直重复,怎么样都停不下来。

在百花寨的时候,他想过无数次自己就是潘安,是三娘的那个青梅竹马，十年后又回来找她，向她下聘、提亲，跟她道歉，给她解释，帮她寻找她爹娘的过去，想方设法为她证明她爹是个好人。

可所有人的表现都告诉他，他不是潘安，他是个假的，他只是三娘随便从山下带上来的人，就看中他钦差的身份和一副好皮囊，他甚至失忆了，什么都记不得，什么用都没有，什么也做不了。

小六子听三娘的吩咐提前带了人去山寨口蹲着，结果到了就发现不对劲，值夜的几个兄弟全都倒了，此时睡得正好，还有一个都打起了呼噜，这是怎么着？人已经跑了？

小六子拿了点水直接把人给喷醒了，然后大家一起坐着大眼瞪小眼，谁都不知道发生了什么事。

值夜的人愣是没一个知道是谁放倒了他们，也当然不知道放了谁下山，还傻乎乎地以为太困了打了个瞌睡。小六子叹了口气，觉得跟他们待久了会变傻，这点智商难怪被留下来守寨子。

他马上让人点了火把，把寨子里睡觉的人都叫醒，提高警惕，又让人去看三娘、潘安、顾遥、江鲤这些人谁还在寨子里，让在的马上过来。他则带着人去了方磊那里，总感觉会有什么大事发生。

整个寨子都灯火通明了，顾遥和江鲤倒是都在，不仅在，找到她们的时候她们正跟方磊说什么，不过态度似乎不是很好。说着说着，方磊就跟江鲤动起了手，小六子想到三娘跟他说的，二话不说，先招呼着人把方磊给拿下了。方磊虽然在寨子里威信不小，但小六子和顾

遥、江鲤三个人都说要拿下，这些一起的兄弟虽然无奈也只有先把人抓了，再看是不是有什么误会。

只是等了半晌也不见三娘和"潘安"过来，去叫他们的人都说没找到人，一个看似很荒唐实则很合理的念头在小六子脑子里一闪而过，这两人不会私奔了吧。

迷晕值夜的人，再带着小白脸儿出逃私奔，按照三娘的性子也不是做不出来啊，再加上三娘对自己的嘱咐，小六子觉得自己似乎找到了真相，但是他决定为老大隐瞒下来，还要给他们多争取一点时间。小六子被自己这种义气深深地感动了，以至于他压根没有听清楚顾遥在说什么，就应了下来。

顾轩也一脸兴奋地跟了过来，表示自己也要跟着小六子哥哥下山，还得意地跟他娘亲说他武功和医术都已经练得很不错了，可以去实地检验一下了。

小六子只能在顾遥还没发火只是用眼神表示威压的时候，把顾轩这小子拖了过来，跟顾遥再三强调自己先顺路把顾轩送回顾老爷子那里再下山，保证不让他有一丝一毫溜出去的机会。

"小六子哥哥，你就让我跟你去嘛，我很久没有下山啦。"顾轩一转头就无视他娘亲的眼神，开始向小六子撒娇。

"咳咳，不行，最近事多，等老大回来叫她带你去。"小六子感觉顾轩话音刚落，就有两道不怎么友善的视线落在了他的背后。

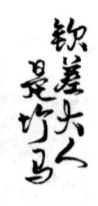

提起三娘，小六子突然想起一个事，好像还是很重要的事。

"小轩子，顾爷爷那个'百忧解'的解药配好了吗，老大去拿了没有？"如果是私奔，那么是带上解药好呢，还是不带？小六子开始琢磨。

"没有，今天晚上才配了个大概，还不知道对不对呢！"顾轩被拒绝了不开心，闷闷地回答，连小白脸儿都可以下山，自己为什么不行！

"行吧，那我去把解药带上，万一碰上了呢？"小六子心想老大也许想过隐姓埋名的生活，就没有要解药，但是自己还是要给她带上，万一三娘以后后悔了还能多条退路，不得不说，自己确实很厉害啊，想得如此周到体贴。

小六子把顾轩送了回去又拿了解药就走了，完全没有注意到正在专心配药的顾老爷子和一脸跃跃欲试的顾轩。

第十五章·哪个潘安是假的？

"你是天龙寨的潘安？"玉佩倒是真的，不过潘安那个小胖子长大还是这么胖，潘灵子他也还有几分印象，是个小瘦猴，比小六子都瘦，万万不可能是眼前这个人。

潘灵子拿出了潘安的半块玉佩，上面半边龙凤交缠，还有天龙寨的标志，也是这半块玉佩才让官府的人相信了他是潘安。不过顾三当家明显不怎么信潘灵子，毕竟潘安这个身份有些太过敏感了，而且三娘随便抢回去的假潘安突然就成了真潘安，这个事搁谁身上他都不会信！

而且潘星海和丹若给两个小孩子定娃娃亲掰玉佩的时候，顾三当家没在，三娘的玉佩自从回了百花寨就再也没拿出来过，谁知道这个是不是假的，反正顾立安此时对一切不认识的人都产生了怀疑。但是为了保险起见他还是决定把人送到陈二白那里去，自己去官府看看，到底钦差是谁，还有三娘是不是又被抓了。明明两个应该在百花寨的人，一个他亲眼看到受了伤还在街上跟人拼命，一个据说又去了官府的大牢，他此时想的居然是一定要从小就好好管教顾轩，不能让他跟他们混在一起了，长大了千万不能变成他俩这样，不听话就算了，还一次比一次胡来。只是，正在忧虑未来的顾三当家不知道顾轩已经被

带歪了。

潘灵子一路从顾三当家那里解释到了陈二当家这里，一见到正拧眉揪着自己山羊胡的陈二当家就叫开了："二当家，我回来了，我是潘灵子啊，天龙寨的那个潘灵子，你还记得吗？"

陈二当家正在琢磨怎样安排人手，毕竟这一仗虚实难分，人少了怕官府来真的，人多了又怕声东击西，现在他只叫了一部分人去城门小打小闹着。

冷不丁被潘灵子一嗓子吼了个激灵，陈二当家抬头就没有好脸色，不过这人确实眼熟，接过他的玉佩一看，陈二当家想了想："你是天龙寨的潘安？"玉佩倒是真的，不过潘安那个小胖子长大还是这么胖，潘灵子他也还有几分印象，是个小瘦猴，比小六子都瘦，万万不可能是眼前这个人。

"不是啊，二当家，怎么你们都不信我啊？他才是公子啊，你看清楚了，那边正在包扎的那个才是我们少当家潘安啊，我真的是潘灵子啊，我只是吃得多了点……"潘灵子有些绝望，怎么一个两个都不信他。他当初跟潘安一同去的江南，去了那边潘安既要读书又要练武，还时不时就要偷跑一回，当然瘦得快了。他就是个跟班兼书童，整天无所事事吃得又好，自然就越来越胖了，这能怪他吗？他很委屈，很想不明白。

最后，他没有办法，只能从天龙寨开始跟陈二当家说起，力图证明他就是潘灵子,他家可怜的公子就是天龙寨的少当家潘安。当然,陈二当家也去叫了天龙寨的兄弟来认人。

"我和公子被送到了江南林家去,然后就开始了每天读书习武的日子,公子还经常……几个月前,林先生收到了寨主的信,他说我们可以回来了,我们就匆匆赶了回来。路上发生了点意外,听说有钦差,公子就先行一步了,他说要把钦差拿下送到百花寨去当聘礼。后面我遇到了一群人,他们要抓公子,我只好说我就是潘安……然后公子和大当家就来救我了,但是大当家让我们先走了,对了,大当家不会有事吧?"潘灵子絮絮叨叨半天才把事情讲清楚,末了,还不忘关心百花寨的大当家,同时吓了陈二当家一跳。

三娘又被抓了,她为什么又被抓了,就为了救这两个废物,她不知道自己很难救吗?上次兴师动众,这次又要怎么办?陈二当家此时又急又气,甚至不想追究假潘安变成了真潘安这件事,只想去坟里把丹若拉出来让她自己来救她女儿。真是一波未平一波又起,唉,陈二当家叹了口气,决定再冒险一次。

这边潘灵子好不容易让众人相信了他是当年那个瘦猴潘灵子,相貌堂堂身材标准的小白脸儿是当初的小胖子潘安时,顾三当家和小六子一前一后就来了。

小六子来了后也对小白脸儿大变潘安这件事经历了怀疑、惊讶、震惊、半信半疑、半信不疑、逐渐相信等一系列心理活动,继而对三

娘又被抓了这件事一直保持怀疑和哀伤自责的态度，最后还是陈二当家嫌烦说了句："你还有没有正事了！就算你也去了不过是多了一个沙包人质。"

小六子才想起，自己下山还有正事。他先把那颗半成品的药给潘安喂了，吃了药的潘安似乎很痛苦，不过小六子看他的样子觉得吃不吃药都差不多，然后把顾遥的口信传给了陈二当家："方磊拿下了，其他的事都准备好了。"

陈二当家听后似乎有些失望，叹了口气让他去城北通知叶温全力押上，他要造势看看能不能救出三娘。

小六子出去后，顾立安三当家就进来了。顾三当家一进来就问了寨子里的情况，陈二当家看着他点头，二人表情都有些不忍，但也没有多做纠结，毕竟早就计划好了，这也是不得已而为之。

"那人真是潘安？"顾三当家还是有些不能接受这个事，虽然他偷偷地去看了一眼，还问了其他人，都说那天晚上与他争斗的那个黑衣青年才是钦差。

"嗯。"陈二当家也不愿意相信，可是这个好像就是真相了，"按照潘灵子说的，潘安先去抢了钦差又被三娘抢了就对得上，只是，谁能想到会这么巧！"

当初三娘一个张口就来的谎言，却像是未卜先知的结果一样，关键是这个结果大家都默认是假的时候又突然变成了真的，不得不说，造化弄人啊！

"立安,你马上带人去城西,有多少人带多少。我带人去府衙,看看怎么把三娘救出来。"陈二当家说道。

顾三当家应了声就立刻出去了。

战事说来就来,一触即发,几乎是同时,城西和城北出现了大量的土匪和官兵,喧嚣声、叫喊声、兵戈声,霎时就响彻天空,门户紧闭,街巷空旷,城门外的空土地上布满鲜血,不停有人站起来,有人倒下,直到再也无法站起来。每个人手里仍紧握着锋利的刀剑,厮杀呐喊声不绝于耳,有人在哭喊,有人在咆哮,这一切是如此惊心动魄!

暗红的血在肆意流淌,每个人都猩红着眼厮杀,渐渐地失去了理智,只记得一片残红的天空、不经意倒下的兄弟伙伴,没有人喜欢打仗,也没有哪一方是绝对的正义。

在一阵阵腹部的刺痛和强烈的心悸下,潘安悠悠转醒,还未完全睁开眼,他就听见潘灵子在旁边叫唤。他腹部的伤已经处理过了,但是脑子却是一阵接着一阵地眩晕,记忆就像开了闸门的洪水一样肆意涌来,在他脑子里横冲直撞,纷乱又复杂,一幅又一幅的画面争先出现,他拧着眉痛苦地整理这些记忆,不可思议,难以置信。他使劲摇了摇头,想把这种慌乱的感觉赶出去,但是好像并没有什么用。

三娘此时也非常不安,那个人不是钦差,那他是谁?一个过路人,

还是一位出来闯荡江湖的少侠？她甚至不敢想那人知道了真相后会有什么样的表情，把一个无辜的人牵扯了进来，她突然有种不知所措的茫然。

但是容不得她多想，因为福光全走后没多久那个钦差就进来了，三娘看他一脸凶神恶煞就知道没什么好事。果不其然，那人进来后场面话都没说，直接叫人绑了她和隔壁牢房里正在和蚂蚁玩耍的柳食烟，绑得结结实实，很有技巧，一般来说是没有挣开的可能性的，还将他们堵了嘴，蒙了眼。

让三娘唯一想得开点的是好歹是她自己走出去的，没有直接打晕拖着走或者装麻袋里扛出去，还算比较有尊严。不过跟她共患难的柳食烟就没有这么想得开了，都让人给打包装车上了还在哼哼唧唧的，也不知道是在骂人还是干吗，反正就没停过，虽然一直没人理会他。

上车才一会儿，就听见外面有些吵闹，仔细听好像是马车撞到了人，不过听声音倒像是小孩子。三娘正想问一下发生了什么，就听见赶车的人厌恶地说了句："拿了钱赶紧给我滚，再不滚就弄死你们。"

然后有人敲了敲车门，说："老实点，别给我耍花招。"

车上除了他们两个，还有两个拿着刀守着他们的大汉，面无表情，很是吓人，就是那个钦差的手下。三娘记得其中一个还追过她和小六子，这样看来，找东西的人应该就是钦差了，那几封书信不会真有什么问题吧？三娘突然有些后怕，万一那真是这些人要找的东西，那么现在他们要去哪里，那些信和令牌又会落到谁的手里，以及百花寨会不会有危险……

　　已经过去一天多了，一直在赶路，这些人没有告诉她要去哪里，也没有说现在在哪里，三娘越来越着急。她来之前带了点顾轩给的迷魂散，据说是那小子自己配的，不过可能没有什么用了，谁知道都这么远了顾轩做的那玩意还有没有效，她心里挺没谱的。

　　晚上的时候倒是给他们松了绑，不过给他们喂了点软筋散绑了手，柳食烟应该没什么武功，这会儿已经软得让人扶着进的客栈，三娘也手脚发软，她吃得明显比柳食烟多。进去的时候客栈里有吃饭的人，不过不多，柳食烟倒是安静得出奇，不吵不闹，甚至还点了一堆菜。三娘也没有嚷嚷，毕竟腰上顶着的东西看样子还是有些锋利的，不过她进来的时候偷偷地在门口撒了些迷魂散。

　　吃的饭菜里面也有东西，那个钦差直接当着她和柳食烟的面放的，还说了句不吃就等着饿死。

　　三娘一直掐着自己的手想保持清醒，不过似乎没什么用，后来她是被隔壁的动静吵醒的，隔壁住的柳食烟，应该还有黑衣人……

　　她凝神听了听，好像是那个钦差在说话，什么治不好什么命什么的，她贴了贴墙想听清楚些，不料弄出了点动静。她门口应该有人守着，她才刚弄出点声音人就进来了，把她带去了隔壁。

　　一进去就有人来给她把脉，一个郎中摸了半响皱着眉直摇头，三

娘顿时觉得这是钦差的什么阴谋，结果钦差说了句："怎么她没事？"听不出什么感情的话，让那个郎中顿时抖了抖，更加害怕。

钦差突然一甩手，勃然大怒道："今天你们要是治不好他，就全都陪葬吧！"

三娘这时才注意到柳食烟躺在床上，面色青紫，气息奄奄，像中了什么毒的样子。可今日他们吃住都是一样的，这倒是奇怪了。

屋子里的几个郎中听了这话纷纷神情慌乱，似有些一筹莫展。

不过三娘心里想的却是柳食烟这个样子的话，路是赶不成了，而且上次在牢里柳食烟对那些毒药如数家珍的样子，这个毒多半是他自己给自己下的，为了什么呢？拖延时间吗？

三娘看柳食烟的样子，不禁觉得这也太拼了吧。

双方打了整整一天，才同意和谈，不过让陈二当家意想不到的是提出和谈的人倒是个生面孔，一脸刚毅，他还在疑惑为什么福光全没有来，钦差也没有来的时候，对面的人已经快速说完了他们的条件。

"我们退兵，你们也要保证从此不再骚扰百姓，特别是过路的商客行人。"

"你的意思是要我们全都下山？这恐怕做不到，本来我们也没有骚扰过百姓，对商客也只是收点过路费。我们也有自己的规矩，收了钱就会保证他们完完整整地走出这地界，毕竟山中多毒虫猛兽，没有我们的帮助他们想走出去简直是异想天开！"陈二当家虽然夸张了一些，不过说的也基本符合实情，而且山匪大多数都没有正经的身份和一技之长，也没有光明正大的户籍，下山恐怕真是个难事。

"当真如此？清溪流寇太多，我不能相信你们，不过你们若是信我，倒是可以让不愿意再当土匪的人跟我去顺边府。"刚毅男人似在思考陈二白话中的真假，半晌才开口说道。

"你什么意思？"陈二当家有些惊讶，这人是想……

"跟我回去，入军籍，保卫边疆，虽然苦点，也有生命危险，不过好歹堂堂正正，无愧于天地。"此人话一出口，不仅是陈二当家吃惊，连他身后的兄弟都骚动了起来。

实在是峰回路转，老树逢春，想不到这人刚刚还一脸严峻地和他们厮杀，现在居然转过头劝说起他们来了。不过，剿匪为什么变成了招安？这个人又凭什么能代表钦差做主？

陈二当家直接问了出来，刚毅男人似乎对钦差有些不屑，直言道："我乃顺边府将领，岂会欺骗你们？若不是朝廷有令，谁有空来这地方跟你们闹一场，既然来了，带点人回去才能弥补我这一趟的损失。"

他打量一下陈二当家那边的人，发现他们的反应还不错，于是接着说道："况且那什么钦差跟我有什么关系，跟了我就是我的兵，自然由我负责，除非违法乱纪，否则谁敢动你们？"

这番话一下子就对上了众土匪的胃口，要不是碍于现在的情形，怕是有不少人当场就要过去跟他称兄道弟了。

陈二当家自然也对这人另眼相看，他同叶温、顾立安以及其他寨子的当家的商量了一番后说道："若是兄弟们愿意跟着你我们也不阻拦，若是不愿意你也不能强求，至于剩下的人，我们可以保证绝不伤人害人，只充当镖师如何？况且老兄别看我们都是寨子里下来的，可我们也置办了田地，平日里也是自力更生，做点小买卖。"

陈二当家正义凛然的一番话下来，无论哪个寨子的兄弟都跟着点头，恨不得立马向对面的将领表示自己的清白和无辜。

"那就一言为定，只是有个事需要大家谅解，也不是什么大事，入伍的兄弟以后就知道了。"

刚毅男人站了起来，立即拍桌示意愿意入伍的现在就可以报名了，他会在这里再留一日，大家也可以好好考虑。

至于那个暂且不提的事，根据他们去了的兄弟说，就是他们军队虽然是堂堂的边防兵，但是待遇还不如清溪府衙的小捕快，月饷什么的就不提了，关键是吃食还不如在山上，至少山上还可以打打野味。

陈二当家担心三娘就随口问了句福光全和钦差去哪里了，谁知，结果让他气结，险些当场翻脸。

钦差回京都了，福光全居然带着官府的人去了百花寨！

第十六章 未婚妻被抢走了

潘安心中不爽，自己刚恢复记忆，未婚妻就被别人抢走了。

经过小六子反复确认，潘安已经完全恢复了记忆，也没有什么副作用，比如把失忆后的记忆又丢失了。

其实小六子问这个问题的时候抱了很大的侥幸，但没有失忆的潘安显然跟以前那个斯文有礼的人不同了。现在的潘安怎么说呢，小六子在心里琢磨半晌，突然想起他那双漆黑如同翻墨的眼，带着复杂的情绪，客气、疏离，好像里面埋藏了无数的事，却跟你一点关系也没有。

这种变化让很多人暗暗吃惊，直接导致陈二当家坦然地交代了三娘已经被那个治匪的钦差带走了，百花寨也被福光全带人袭击，目前不知情况。所以他要求潘安去救三娘，而他自己则带人回百花寨。据陈二当家自己说，他之所以做出这个决定是因为三娘毕竟是他们百花寨的大当家，他们全寨的门面担当，需要一个绝对稳妥的人去救，他有自知之明就不去凑热闹了。陈二当家还解释说他从潘安眼里看到了营救三娘的希望——那是一种由内而外透露出的自信，还有那矫捷的身姿、不同凡响的高强武艺和不斤斤计较以德报怨的优秀品质……陈二当家越说越来劲，都快忘了他确实是有求于人。

而根据见证人小六子的说法是，陈二当家面对他怎么解释和游说都不动声色处变不惊的潘安实在是黔驴技穷了，最后直接来了句："这事儿是我们百花寨对不起你，三娘就是罪魁祸首，你只要把她弄回来，随你处置就是！"

潘安听了这话也不表态，只是很淡定地看着陈二当家，陈二当家有些虚心地与之对视。半晌，潘安才开口："我要知道所有的事情，包括我爹和林家以及前辈们的约定，还有方玉衡做的事。"

他从天龙寨的人那里知道了潘星海旧伤复发已经离世，天龙寨被围剿被迫撤离的事，还有钦差围剿天龙寨索要方玉衡遗物的事，他觉得这些事看似只是官府的一次剿匪引发的，可是如果再联系十几年前百花寨被官府突袭，自己十年前被强行送走，寨子里继而进行了一次大换血这些事情，就没有这么简单了，还有钦差为什么会单单带一个三娘回去……

潘安心中不爽，自己刚恢复记忆，未婚妻就被别人抢走了。

恢复记忆对潘安来说最好的事，就是他可以光明正大地调查这一切，还有一个内部少当家和外部受害者的身份，不用小心翼翼，不用如履薄冰，至于他和三娘、百花寨的债，呵，等一切水落石出后再清算，来日方长！

三娘误打误撞地把刚刚打劫了钦差的他绑了回去，还随随便便就

给人安了个未婚夫的名号，真是让他大吃一惊。潘安冷笑，小六子略紧张，毕竟他是个重要帮凶，他只能祈求陈二当家带着他回百花寨，免得留下来潘安趁机报复他。然而，陈二当家冲他慈爱和蔼地一笑，一句话给他判了个死刑："那我先回百花寨，小六子先跟着少当家。"

"不用，我们一起去百花寨，我想尽快知道一切线索。"潘安拒绝了陈二当家让他先回天龙寨看看的好意，人死不能复生，他还没有做好回去的准备。

可当陈二当家和潘安带着人去支援百花寨时，他们才到山脚就发现寨子应该是着火了，一股股黑烟从山里升起来，从浓厚到缥缈，后面只能看见一层薄薄的雾霭。众人急匆匆地赶了上去，发现住的地方已经是一片废墟，山前的景象有些惨不忍睹，四处都是烧毁的房子和物件，包括二当家的书房和顾老爷子的药庐，而所有人不知所终。周围除了未烧尽木头发出的刺啦声再无别的声音，这么大的火，鸟兽肯定早早地躲远了，而福光全的人也寻不到一丝踪迹。

不过，没有任何人的踪迹也包括了没有任何人死亡，这其中应该另有隐情，不过还是要先找到人。

顾三当家表示自己有办法，他在山前发现了顾遥留下的暗号，留得比较仓促，但是根据顾遥的暗号可以知道他们没事，应该是提前知道了福光全会来，所以提早做了准备。

众人根据顾遥一路上留下来的暗号果真找到了百花寨的人，让人奇怪的是他们所在的位置，是以前的百花寨。当年这个地方被人出卖，被官府突如其来的袭击一举攻破，他们被逼无奈只能仓皇逃去天龙寨避难，现在竟又是以逃难的方式重归，真是讽刺。

而潘安则借这个机会问了当年在这里发生的那次官府的突然进攻，他让自己冷静下来，试图从当年的旧事中找出救三娘的办法。

原来当年三娘的娘亲丹若从刺客手里救了来治水的钦差方玉衡，又把人抢回了寨子里，明面上是抢了个压寨夫君，实则是暗中保护方玉衡。后来方玉衡治水有功，朝廷想召他回京，并令他协助剿匪，可那个时候丹若已经有了身孕。

后来百花寨被官府一举击破，死伤无数，丹若被迫带着寨子里的人外逃投靠天龙寨，方玉衡也失踪了。

这些事三娘曾经告诉过他，也就是说三娘也不知道究竟方玉衡有没有出卖百花寨，她也一直在寻找答案。

而根据陈二当家等人的说法，当年的百花寨位置偏僻，上山的路难寻，若不是有人故意暴露、向官府传递消息是万万不可能被官府打得那般措手不及，至少他们不会毫无准备，甚至在兵犯山下时没有收到一点点消息。而当时方玉衡是最有可能和机会做这些的人，甚至三娘身上的毒都跟方玉衡脱不了干系。

潘安还是觉得其中有隐情，不过他并没有表现出来，或许他只是跟三娘一样不愿意相信吧，可是……

"二叔,方磊有问题。"潘安突然想起了这个人,当时所有人都认为他是钦差,陈二当家还通知过大家离他远点,方磊自然也应该收到了消息,但方磊还是三番五次地跟他套近乎,告诉他一些本不应该知道的事,甚至带他去偷听陈二当家和三娘的谈话。

"对,老大还让我抓他来着,不过我去的时候,阿鲤和顾遥姐已经动手了。"小六子一看有在潘安面前刷好感的机会立即上前接话。

只见陈二当家和顾三当家都一脸严肃地点头,江鲤这时候不知道从哪里冒了出来,兴奋地说:"这次多亏了咱们方磊叔,要不是他,这时候我们都在百花寨被包饺子了。嘿嘿,不过,他不承认二十年前是他出卖了百花寨。"

话虽然这么说,可大家都知道方磊可能并不是愉快而自愿地说出这个消息来的,而赵斤一直不相信方磊是钉子,这个时候一脸黯然地想去见见方磊。

潘安闻言,不动声色地继续与陈二当家和顾老爷子交谈。陈二当家说:"那段时间方玉衡一直很紧张,还跟山下的一些人有接触。丹若虽然跟着去,但她每次都不会说他们下去到底做了什么。直到有一天丹若突然跟我说,方玉衡如果做了什么事,叫我一定要原谅他,他是有苦衷的,我问她,她就不愿意再说其他的了,而后没过几天,百花寨就……"

"为什么钦差一直想要方玉衡的东西,方玉衡真的没有留什么东西吗?"最让潘安不理解的一点,如果方玉衡没有留下什么重要的东西,为什么钦差一直处心积虑地在寻找,甚至带走三娘会不会也是为了这样儿东西?而又是什么样的东西,让方玉衡当时不敢公之于众,还在二十年后让人以钦差的名义亲自来找……

潘安突然有了一个大胆的猜测:方玉衡手里一定有重要的东西,而这样东西可以影响到现在身居高位的人,可那个人为什么现在才来寻找?是方玉衡藏得太好,还是那个人以前不屑于寻找,而现在不得不前来拿到,或者说销毁……

他还是不想相信,也不愿意相信,方玉衡出卖了百花寨。

"三哥,小轩不见了。"顾遥神色慌张地冲了进来,她一直以为顾轩是贪玩跟小六子混下山了。毕竟这种事以前也发生过,可是小六子刚刚一脸茫然地说他把顾轩带了回去,并没有让他跟着山下,太危险了。

大家这个时候才反应过来,寨子里的那个淘气鬼是真的失踪了,各种各样的猜测立刻在他那对不怎么靠谱的爹娘以及亲爷爷心中翻腾,潘安看他们一脸沉郁,都快黑得要滴水了,不得不出声打断他们更像咒人的推测。

"他应该带了迷魂散,可以立刻追踪下去。"

顾遥眼神一亮就要往外面冲,平时那么沉着冷静的人,这个时候慌乱得主意全无。

"不行，这段时间寨子里的人都在用迷魂散，想找到人无异于大海捞针。"顾三当家拉住了顾遥。

顾遥眼里的光瞬间暗了下去，不知所措地看着顾三当家。

"可以用这个，气味不一样，这个是我和顾轩炼制的。"潘安拿出了个小瓶子，里面是红色的粉末。

顾老爷子接过去闻了一下，当即点头让顾立安去找人。

潘安面对大家疑惑的眼神也不多做解释，略心虚地咳了两声，转身又和陈二当家商讨起方玉衡和丹若可能藏东西的地方来。毕竟这瓶药粉是他当时想下山又怕被抓，于是骗顾轩帮他配制出来的，这种事还是不说为妙。

顾三当家和顾遥下山找失踪的顾轩，而潘安同陈二当家留在百花寨找方玉衡和丹若留下来的东西。

"找到一些东西，我也没想到会在那里，唉！"百花寨山上，陈二当家一脸黯然地把东西交给了潘安，还带着泥土的湿润和石榴熟透沁进去的微微果香。潘安也有些惊讶，但更多的是悲伤，是什么样的情况下才会让丹若决定把所有的东西都埋葬，甚至是没想过会有人找到，她一边一遍遍地对自己的女儿强调她爹是个好人，又一边把他作为英雄的证据藏匿。若不是这次事出紧急去挖了埋葬方玉衡和丹若的那棵树，怕是三娘一辈子也没机会知晓她爹到底做过什么，她娘又为了保护这些人做了什么，她心里会一直难过、愧疚，不停地把自己爹从一个害了百花寨和她娘的罪人一次次描摹成她娘口中的好人……

潘安在灯下独自翻看陈二当家交给他的东西，面色沉寂如水，眉头紧拧着，侧脸因为用力咬牙忍耐形成一个刚硬的轮廓。半晌，潘安看完了这些信件和其他物品脸色冷酷到了极点，深邃的如漆眸子里全是按捺不住的怒火。

他起身去问了陈二当家这些东西还有谁看过，得知只有陈二当家和小六子时才松了口气，跟陈二当家商量说他等林先生的信到了之后就立刻启程去京都，但是无论对谁都要说他是回了天龙寨。陈二当家一口应下，又犹豫半天才开口："贤侄，这些事……"

陈二当家的话还没说完，就被潘安出声打断："二叔，我知道，其实不只是百花寨的事，从我爹遇上我外公的时候，这些事就开始了。你放心，我一定会将所有的事情都解决，然后把三娘完完整整地带回来！"

就算没有方玉衡这个引子，这些事也是不能避免的，从潘星海等人执意要救安大人一家时，他们就被卷入了这些麻烦里。安大人作为一个刚正不阿铁骨铮铮的谏官，因为不愿意随波逐流执意参了当朝的一个大官，被一路流放，仍不屈不挠地上谏，最后却被人诬陷。他的证人一夜之间全部翻供，证据也变得不可信，那些指名道姓的口供和铁证在一时之间消失得无影无踪，倒像是他受人指使故意往那大官身上泼污水。他没有办法只得带上那些证据和家人仓皇而逃，却还是引来了追杀。临死前他不得不把东西交给了自己的女儿安傲雪，却死也

不愿意让女儿知道那个大官是谁，只是说若有机会就把东西交给合适的人。可惜，安傲雪到死时才见到那个合适的人——方玉衡。

不过，似乎还缺点什么？京都和清溪，方玉衡和那个人，其中还少了点关键的东西，或者关键的人……

潘安觉得这真是一种很微妙的感觉，一个人没有完成的事交给另一个人来完成，一个接着一个，没有人能确保成功，可还是有人义无反顾、孤注一掷地去做，他也不能保证自己一定行，所以他只能做更多的准备。

潘安在恢复了记忆时，就传书给自己的师父，单洲的当代大儒林圣喻，让他帮忙调查一下方玉衡，顺便提了一下清溪这边的烂摊子，重点叙述了官府和钦差对百花寨、天龙寨特别是他和他未婚妻的对策，言外之意就是"师父您如果知道什么内幕就赶快告诉我，要不然我可能明年就不能活着去看您老人家了"。

单洲在江南一带，却因为莲花开得不好被大江南排挤，最后当地人想方设法养活了一种奇异的花又自封了个"小江南"。但是单洲最有名的不是花，也不是夜夜笙歌渔歌唱晚的小江南，而是这里栖了个不愿做官却为万人师表的大儒世家——林家，潘安的师父林圣喻就是林家这一代最负盛名的先生。

潘星海年少时深信闯荡江湖必须要有文化，就想方设法地拜入了林家，却因为这里的生活实在是无趣就偷偷地溜了。不过他顽劣归顽劣，倒是很得林圣喻的喜欢，这也是他敢把潘安送去林圣喻那里的一个重要原因，一方面是为了保护幼子，一方面也算满足了自己当年的愿望。

潘安一边让人去找寻钦差和三娘的踪迹，一边在寨子里等林圣喻的回信，顺路去拜访了被二当家强行多留了几日的顺边府将领。

这天，他正在跟陈二当家几人猜测外出找孩子的顾三当家夫妇是不是准备带着顾轩重新找个寨子混了，后来又说到夫妻二人也可能觉得顾轩太熊准备找个好地方重新生一个的时候，潘灵子说林圣喻的回信到了。

潘安一脸严肃又紧张地拆信，用小六子的话来说活脱脱就是一个苦等多年的妻子终于等来丈夫一封信，还不敢确定里面是慰问还是休书。

回信里说，方玉衡系当朝丞相宋侍君的养子，少年天资聪慧，定亲宋丞相之女，却因悔婚被排挤出朝廷，派至偏远的清溪，后因治匪有功升官回京，却在路途中遇上报复的流匪刺杀身亡，而当今丞相怀念故子，派人前去剿匪并收回故子遗骨。后面还附有一句告诫，让潘安不要插手此事，却又给潘安画出了当朝人物关系图。

潘安看着信琢磨半天，在林圣喻的那幅错综复杂的人物关系图上圈了个人后，立马叫小六子准备上路，同时，潘灵子也回到天龙寨掩人耳目。

第十七章·离家出走的熊孩子

"你叫我一声老大,我就给你吃啊!"柳酥捂着馒头逗顾轩。

顾轩左右挣扎着去抢都无果,还差点把自己挤下驴车后,果断扭过头:"老大!快给我一个。"果然,小六子哥哥说得没错,在食物和强权面前,有些尊严可以暂时抛弃一会儿。

而众人正在十万火急找的顾轩，确实是遇到了点事，不，应该说的是事找上了他，他跟不上小六子只能慢慢腾腾地偷摸下来，还没有到城门就被人盯上了。他以前也听说过这山下有人贩子什么的，就爱抓点他这个年龄的孩子，无论是销路还是销量都挺好的，虽然当时三娘说的他并不信，现在这个情况他还是下意识紧张了。

　　他盘点了自己带的东西，万人迷、痒痒粉、迷魂散、飞起辣……对付点人贩子应该够了，还能算为民除害。

　　但是好像有点不对，人贩子怎么是个小破孩？看起来还没有他大，鬼鬼祟祟地跟一路了，也不知道有没有同伙。顾轩半眯着眼珠子转了转，扯开嘴笑了。

　　"喂，可以说了吧，你跟着我到底什么事儿？"顾轩费了半天劲还倒了几乎半瓶万人迷才把人制住，想不到这小子看起来瘦弱，打架还挺狠，一个劲地往人身上撞，要不是他上次被他爹逼着练了两个月功夫，还真不一定能压得住对方。

柳酥很有骨气地扭过头，还呸了口唾沫，对顾轩这种打架还出损招的人相当不服气。

然后，过了大约一刻钟，他就妥协了，这小子绝对和上次抢他钱的那女的是一伙的，连阴招都一模一样。

他被顾轩撒了药手脚发软，只能眼睁睁地看着顾轩又给他撒了点其他的药粉，那死小孩还笑嘻嘻地说了句"小弟弟别哭啊"。说完他就感到身上像有无数的小虫子在爬来爬去，轻轻地、柔柔地、一点一点地沁进皮肤里，引起一轮又一轮无止境的瘙痒。刚开始他还强硬地问了句"你跟那个女人什么关系"，顾轩没听清楚以为他要交代了就凑了上去，结果发现他在骂人，用语极其不雅，顾轩当机立断又撒了点药粉。

柳酥："……"

柳酥本来就穿得不多，一件粗麻衣衫在和顾轩打架的时候弄破了，这个时候已经被汗完全打湿，地上的灰尘都粘在了皮肤上，看起来又脏又可怜。顾轩有点不忍心准备给他解了，却听见柳酥用撕心裂肺痛苦的声音吼了句："停下，我说啊！我只是想抢你的钱！"

顾轩还以为遇上人贩子了，兴奋了半天以为可以做点大事，结果只是遇上了一个业务不熟练的贼，也不想想小爷是谁，百花寨新一代的山大王，抢劫这种事你一个不知道哪个山下的毛头小子，居然敢来找我麻烦！

据说三娘和小六子听顾轩说了这段心理活动后,纷纷表示长江后浪推前浪,他们已经老了,并且拒绝告诉任何人为什么会发出这样的感慨。

"停停停,我们到底谁是老大,怎么我把钱给你了,还要去帮你救你师父?"顾轩对柳酥一顿批评教育并提出了诸如以后打劫时一定要带点工具,还有不能让人太早发现,把人堵小巷子就很好等一系列不成熟的建议后,顺理成章外加威逼利诱地收下了他人生中第一个小弟,简直是前途无量,繁花似锦。不过很快他就发现这个小弟身手不咋样,脑子转得倒是快,不到一会儿就忽悠得他先赔偿了一点医药费,又给了作为一个老大给小弟的见面礼,其后又以兄弟有难老大不得不帮的理由试图拉顾轩这个移动的"药罐子"去救他的师父,关键是顾轩竟然觉得他说得没什么问题。如果不是最后关头他反应了过来,只怕现在就要迷迷糊糊地去救柳酥那个所谓的因为手贱嘴贱被人抓走的师父了。

"当然是你了,你比我聪明,比我会打,比我懂得多,还有那么厉害的东西。可是,师父对我很重要的,他……他是这个世界上对我最好的人了,如果你帮我救了他,你就是对我最好的人,我一定为你鞍前马后,结草衔环地报答你……"柳酥愣了一下,他确实是没想到顾轩还能反应过来,不过立马接上了一段酒楼里经常出现的词,把人先夸上天再说。

顾轩这小子平日里也是跟山匪混，文化水平堪忧，被柳酥这段明显不走心还文辞不通的虚伪之言夸得飘飘然，再看自己小弟那个面黄肌瘦、惨兮兮的可怜样子，当机立断就准备伙同柳酥去救人。

柳酥这些天一直在官府的周围转悠，特别是后门一带，因为前面都相当危险。在他看来，官匪之间的火拼虽然不怎么涉及普通老百姓，但是万一就撞上个运气不好的呢。像他师父那样倒霉的，不过因为抢了钦差一碗汤就被强行抓走了，关了个把月都没有放出来，连上次土匪来劫牢几乎放跑了这些年抓进去的所有人都没有把他放出来，实在是时运不济。

这次他带顾轩去的也是后门，大概是因为官府又要跟土匪打起来了，后门的人少得出奇，只有两个穿黑衣服的守着那里，旁边还有一辆马车。顾轩、柳酥两个小孩正寻思着想个办法引开他们，只见一队人快速冲了出来，手里还抓了两个被绑得结结实实的人，其中一个嘴里还一直咿咿呀呀地哼唧着，虽然听不清说的是什么，但是这一幕成功地让两个不知天高地厚想要闯官府大牢劫囚的人傻了眼。

目瞪口呆有点恐惧的柳酥对上了目瞪口呆还在状况外的顾轩，两人同时手疾眼快地捂住了对方的嘴，不自觉地捂得用力且狠。

柳酥是真的很震惊了，平时他偷个东西什么的，都是被人打一顿就算了，他师父不过嘴贱点居然就有这么"高"的待遇，看这些人凶神恶煞的，这辆车，这个势态，怕是要杀人灭口，而且旁边那女的好像有几分眼熟……

顾轩就更愣了,三娘,怎么会是三娘?顾轩以为三娘此时应该正在与官匪厮杀的前线,凭借她的彪悍和让对手无招架之力的武功一举成名,威震八方。这是个什么情况?他的三姐姐,此时看上去狼狈、无助、软弱,还被抓了……

看着马车,柳酥脑子快速地转了起来,拉上顾轩是因为他确实对救人一事没有什么把握,不过看这个样子就算拉上顾轩也还是给人家塞牙缝的,但他也不准备放弃,他要跟着那辆马车,哪怕只是去给他师父收个尸。不过眼下看来,这毕竟太危险了,就不用拉上顾轩了,更何况顾轩又是个没脑子的。

他冲顾轩说了句:"我要跟着他们,你还是回家去吧。"他准备偷溜到巷子外面去,他要先知道这辆马车要往哪里去,还要找个交通工具,毕竟他两条腿可跑不过人家四条腿的。

顾轩的反应却是出乎他的意料,只见顾轩用力捏着他的手,哑着嗓子低声吼了句:"我必须跟着,那是我姐!"

柳酥有些惊讶,不过也来不及想太多,点了点头拉起顾轩就往另一边跑去。顾轩却在这个时候挣脱了他的手,从怀里掏了个瓶子出来问他有没有法子把这个倒马车上去。

柳酥盯着顾轩看了一下,发现他眼睛有点红,神志还是清醒的,犹豫了一会儿点点头说:"我想办法。"

顾轩觉得自己错了,之前不应该教育柳酥怎样抢劫,因为他才意识到柳酥的水平比他高太多了。顾轩还在云里雾里地想怎么把三娘救回来和怎么把消息传回去的时候,柳酥已经找好了一帮小孩,游荡在那辆马车要经过的路上,做出一副正在疯狂嬉戏玩耍的样子。等那辆马车和那些人过来的时候,几个小孩突然闯了过去,惊马,摔倒,然后柳酥从后面跑上去,悄无声息地就把药粉撒在了马车上,还有周围的几个黑衣服人身上。

那几个小孩就像做惯了这些事一样,一边在地上打滚叫唤,一边叫着赔钱赔医药费,等了收到钱后马上就消失得无影无踪。柳酥也拉着顾轩跑了,他们找不到马,只能去碰碰运气,看看还有没有驴车可以"借来"一用。

两个半大孩子雄赳赳气昂昂地驾着驴车追人去了,可是,哪怕是跑得最快的驴,也是不可能追上几匹良种马的。等他两个认识到这个问题的时候,马车早就跑得没有了影子,他们也不知道到了什么地方,不过还好顾轩还有追踪散和小虫子,要不然他们大概会出师未捷身先死。为了避免这种悲剧,顾轩沿途都仔细地撒了药粉,一种是自己配的,一种是大家通用的,他想的是潘安和小六子两个人总有一个可以找来吧。不过,他压根没想过自己的爹娘会来找他……

柳酥跟顾轩这个在山上长大的匪里匪气的人不一样,他考虑周全,只要他能想到的事就会做得特别细致,但充其量也是个小大人,还是会露出孩子气的一面。比如这个时候,顾轩饿了,而柳酥刚好准备了吃的。

"你叫我一声老大,我就给你吃啊!"柳酥捂着馒头逗顾轩。

顾轩左右挣扎着去抢都无果,还差点把自己挤下驴车后,果断扭过头:"老大!快给我一个。"果然,小六子哥哥说得没错,在食物和强权面前,有些尊严可以暂时抛弃一会儿。

柳酥:"……"这么爽快,真的不再挣扎一下?

"你觉得他们会被杀吗?"顾轩犹豫了很久还是问出了口。他很担心三娘,也有些害怕,从小到大他都有人护着,所有的问题都有小六子和三娘帮他解决,对他来说最可怕的事就是他爹天天让他练功和他爷爷让他认药识方,他从来没想过自己还有去救三娘的一天。

虽然他不知道柳酥是什么人,怎么长这么大的,但他知道柳酥更懂事,也更有办法,见识也比他多。毕竟他连清溪都没有出过,虽然柳酥也可能没有出过……

过了很久,柳酥才回答他,声音闷闷的,带着少年雌雄莫辨的独特音色:"我不知道……"

柳酥也害怕,他甚至说不上来为什么一定要跟着,其实那个人也不是特别的重要,可是……

"我是个孤儿,从小偷东西长这么大,那次偷了你姐姐的东西被抓住后又去偷了他的,他当时就发现了,不过他没有怪我,还给了我吃的和银子,问我愿不愿意跟着他,做他徒弟,还给我改了个名字。"

我拒绝了他，他也不生气，每天都跟着我带我去吃各种各样好吃的，还教我怎么做……"

顾轩认真地听着，发现柳酥说话时已经带上了哭音，低低的，使劲压抑着，就像无意间漏出来似的，顾轩凑近了点，伸手揽住了柳酥的肩。

"没事的，有老大在，什么都可以解决！"顾轩记得这是小六子最喜欢说的一句话了。

为了增加底气和鼓舞士气，顾轩决定给柳酥讲一讲他们百花寨的英雄事迹，以营造一种他们是有靠山的，而且靠山还不小的气势出来。

也许是百花寨这座靠山真的很靠谱，也许是两个小孩子运气格外好，当两个人看到客栈外熟悉的马车时，都有种说不上来的复杂感觉，夹杂着惊讶、欣喜，甚至还有些难以置信，居然让他们给赶上了！

他们先装作某个大户人家的小厮和公子进去点了一堆吃的，然后就开始打探消息。

"掌柜的，那外面的马车是刘老爷的吗？我家老爷想邀他过府一叙，如果是的话我就不用再跑一趟了。"不得不说柳酥不愧是从小混到大的骗子，演得真不错。

那掌柜的听了后点点头，顺便问候了一下柳酥家的老爷，接着又一脸小心翼翼地跟他说："那马车可不是刘老爷的，是个大人物的，咱们可惹不起，你可别去啊，要挨打的。"

饶是顾轩也看出了掌柜的话还没有说完,像是有什么难言之隐,顾轩立刻凑了上去,一脸天真又好奇地看着掌柜的,顾轩从小被养得白白胖胖可爱得很,这个时候眼睛一眨不眨地盯着掌柜的,连柳酥都觉得不告诉他真的有点过分了。

那掌柜的犹豫了片刻还是败了,小声跟二人说:"你们可不能乱说啊,那马车里的人中毒了,都一天了,请了好多大夫都不行,我偷偷听见有人说再治不好就干脆把人……拖回去好了。唉,造孽啊。"

掌柜的大概觉得两个孩子也不会有什么问题,一时说得多了起来,没有注意到两个孩子之间的眼神交流。

两个人拿着吃的出去了,过了很久掌柜的又看见两个小孩子回来了,那个瘦的似乎有些为难地走了过来,把一块碎银子放在了掌柜的手里,用哀求的语气说:"掌柜的,我们老爷在生少爷的气,可不可以让少爷在你这里先住一晚,明日老爷气消了再回去……"掌柜的似乎有些为难,顾轩也走了过来,明显是哭过的样子,怯生生地看着掌柜的。

"那先说好,就一晚,你们家要是来人了就回去啊。"掌柜的顿时想到了自己儿子小时候,也是这么怕自己,经常夜不归宿,也不知道有没有好心人收留过他。

两个小孩子顿时眼睛发亮,连声感谢掌柜的,把年过半百的掌柜的夸成了一朵花,两人兴奋地拿着钥匙就跑上了楼,还激动得开错了

· 211 ·

门，吓得两个人连忙道歉，掌柜的瞧着直摇头上前为他们解了围。

退出来时，房间里的一个人突然问："掌柜的，这附近可还有什么大夫？"

掌柜的想了想为难地摇摇头，刚想说没有了，这附近的大夫都被请来了。

一个弱弱的声音抢先说了出来："我爹，他治病可厉害了。"

"哦？你爹在哪里，可否把人请来看看？"房间里的人又问。

不过顾轩不再开口，低头咬着唇，像是很害怕的样子。直到那人不耐烦出声问第二次的时候，顾轩才抬起头像是鼓足了勇气一样颤抖着说："我……我和爹爹吵架了，不过我会……我会看病，里面那个人中毒了，我知道那个。"说完他还往掌柜的那边靠了靠，怕人不信还小心地加了句，"我爹告诉我的……"

这是刚刚他和柳酥商量出来的计划。柳酥说他师父身上毒很多，还给了他一颗特别厉害的解药，据他师父说那解药包治百病。二人准备先混进敌人内部和要解救的人质取得联系，再来决定接下来的事情。另外，顾轩想，拖个几天说不定百花寨就来人了。

顾三当家夫妇以为顾轩只是贪玩但胆子不大，应该跑不了多远，两人还在路上用"如果让我逮到那小子就……"这些话相互安慰。但根据顾轩留下的线索，两人发现那居然是出清溪的路时，顾遥还是炸了，她又气又心急，恨不得马上飞到顾轩面前让他见识一下他娘的手段。顾三当家安慰之余突然福至心灵来了句:"那小子不会去追三娘了吧……"

"或者被人一块儿抓走了?"顾遥抬头,愣愣地接话,她觉得这儿子如果蠢成这样,还是懒得找了吧!

这对夫妇没有想到的是,在不远处的一处客栈里,他们的儿子重新先给自己找了个爹。

两个毛孩子在钦差一伙人面前露脸后就遭到了怀疑,还好柳酥提前给顾轩找了个郎中爹,也多亏顾轩这次偷溜下山时带的银子够多,果然,有钱就是好办事!

顾轩那个名义上的爹来了后不是看病人是先骂了顾轩一顿,骂得情真意切,掏心掏肺,然后表示自己骂累了,看病的时候需要儿子来打个下手,而且最好无关紧要的人都出去。钦差半信半疑,但是看柳食烟那张猪肝色的面孔吃了那人喂的药好像确实好转了一点,就带人去了门外,开着门让顾轩的"爹"诊脉医治。

顾轩的"爹"有点慌张,柳酥上前扶住他,不着痕迹地又塞了块银子才帮助那人稳住往床边走。柳食烟已经有了意识,半睁着眼看向来人,眼中的疑惑相当明显:你怎么会在这儿?

柳酥借着把柳食烟的手拿出来的时候,低声快速地说:"我们来救你们。"虽然还不知道怎么救……

柳食烟闻言咳了声差点背过气去,他本来就准备吞了药死的,还

能顺带帮三娘拖点时间,结果被这个臭小子强行救了回来。若是换其他人说救他,他应该会很感激,但是就凭这三个,送上来当配菜都不够人家一口吃的!真是不知道天高地厚。他出声:"你不要命了,你知道他们是什么人吗,就敢来送死?"

柳酥没说话,退了下去,让"少爷"和"老爷"上前把脉,他虽然不知道这些是什么人,但是来都来了,总不能什么也不做吧!

顾轩有模有样地把起脉来,又胡扯一大通病理药理,扯得一屋子都很是无语,好在"他爹"只是点头摇头,并没有开口说一番长篇大论,众人都觉得免了一番麻烦。钦差拿着开的方子看了看就叫人去抓药了,而后问顾轩"他爹"里面的病人是否可以启程赶路。

顾轩闻言咽了咽口水抢在前面回答:"病人才刚刚有所好转,实在是不宜搬动,否则会有性命之危。"

钦差皱眉看着顾轩继而看向"他爹","他爹"急忙点头,并表示自己还有要事需要回去,可以留下儿子和小童照看病人,以防不测。

于是,顾轩、柳酥两人就顺理成章地留在了房中,顾轩更是搬了张凳子守着柳食烟,时不时探看一下他的情况,打消了很多人的疑虑,连柳酥都开始佩服起顾轩来,演得像模像样的。

其实顾轩也很慌,他最开始的时候明明在房间里看见了三娘,三娘也看见了他,等他和柳酥把"爹"找回来三娘就不见了。他向柳酥示意,柳酥借熬药跑下去偷偷地问了掌柜的。掌柜的不仅把三娘的房间说了，还顺带说了自己的猜测，听得柳酥面上赞同内心对掌柜的肃然起敬，只因那个掌柜的说他认为这伙人是强抢民女的坏人，三娘是他们抢来的民女，整日看守着，柳食烟则是三娘她爹，因不服女儿被抢与之抗争反被毒害。掌柜的猜得有头有尾有背景，甚至还推测了一番前因后果，实在是相当不容易。

柳酥对掌柜的故事表示深信不疑并当场表示要去报官，被掌柜的拉住一番劝告后，仍不改想救这对苦命的父女逃离魔爪的心，最后成功地糊弄掌柜的同意了中午他去给那位苦命的姑娘送饭。当然，柳酥在饭里加了点东西，导致那位姑娘吃后就开始狂吐，急需一位郎中去看看。

小郎中顾轩如愿以偿地见到了他的三姐姐，然而他的三姐姐一点都不想见到他，特别是得知只有他和另外一个小孩子的时候，他的三姐姐从眼神到语气都在嫌弃他，恨不得他马上消失。顾轩觉得很委屈，但他还是不想放弃他的三姐姐。

三娘对此表示，果然问题总是比办法多，她好不容易可以趁柳食烟病了给百花寨留点信号，说不定运气好还可以逃出去，现在突然就来了两个小累赘，还把柳食烟的病给治好了，真是被这两个小孩儿气得不轻。

柳酥弄了点小问题吸引了三娘房里那两个人的注意力，三娘趁机对顾轩说："你们快走，回百花寨，不许再跟着。"

顾轩表示丢下她独自逃命不是男子汉大丈夫的行为，三娘的眉毛狠狠地挑了挑，努力控制住想打人的冲动，她让顾轩赶紧喂了她一颗软筋散的解药，然后去守着柳食烟。她告诉顾轩柳食烟有大秘密，问出来了就赶紧回去告诉顾三当家，这样才能救人！

顾轩虽然很不愿意，还是决定听话去守着柳食烟，并询问了柳酥知不知道他师父的大秘密。柳酥听后也开始怀疑，是不是就是这个秘密才让师父陷入险境而不是因为嘴贱。思考片刻后，柳酥才明白嘴贱那个原因实在是太不像样了，他立马跑上去问了他师父。

事情到了这个地步，柳食烟也不装傻了，他不愿意把秘密告诉别人就是怕知道的人有危险，可是事到如今也顾不得那么多，他原本就撑不了多久了，本来想让这些事随着他的死石沉海底，可是终究心有不甘哪！况且三娘让他把秘密告诉这两个小孩子应该有把握让他们安全离开吧！

"你过来我告诉你，这些事你要牢牢地记住，不能轻易跟别人说，更不能告诉官府的人。二十年前我替人送过一封信，是一个钦差叫方玉衡，送到京都……记住，三娘叫你们这么做就这么做，不要逞强，快走……"

柳食烟不知道三娘做了什么，但是明显外面已经乱起来了。守在他门口的人也在柳酥来之前就慌忙离开了，房间里的两个没防备的被顾轩撒了药弄晕了，顾轩还想去看看三娘有没有危险，但是柳酥直接拉着他就从客栈后门跑了。若是他们走前面就会发现掌柜的一脸震惊地看着那个命苦的柔弱姑娘正在勇猛异常地跟人打架,还是一个打几个不落下风的那种,在那些黑衣人的领头加入战局前都是这种状况。

柳酥一边往外跑,一边朝顾轩吼:"你姐姐叫我们走,把消息传给你们百花寨,你不能在这个时候回去,她说她不会有事的!"

顾轩想起三娘说的话,只好一言不发地跟着柳酥跑了。二人并没有直接回去,也没有上京都,而是在附近找了个地方躲了起来。柳酥还按照三娘说的找了一些小孩子让他们两两结伴往清溪和京都的方向跑,柳酥找的都是一些机灵的小乞儿,用不了多久他们自己就回来了。三娘叫他们一直躲到钦差这些人走了才能出城,还不能落单出城。

两个人躲了两天,钦差一行人才离开。当夜,顾轩看着那些人乘坐的马车离去后,对柳酥说:"你师父让我骗了你一件事,你师父的毒其实没有解药,你那颗解药是假的……"

顾轩话音刚落,柳酥像是不要命地扑上来就给了他一拳,不一会儿,两个十来岁的少年在一条破旧的巷子里扭打起来,却都隐忍着一言不发。

第十八章·救出未婚妻就跑路

那人握住她伸出去的手,笑了起来,如雨后初晴,天边氤氲着彩色的柔光。她看着那个人微笑开口,然后一字一句地说出:"我是潘安,我来带你回家。"

潘安和陈二当家一块儿安排了天龙寨和百花寨的事情后，留陈二当家坐镇两个寨子处理后事，自己则带上了小六子马不停蹄地往京都赶。

在路上遇到了顾三当家和顾轩等人时，潘安并没有很意外，只是顾三当家跟他说的事情倒是让他有些意外，不过，他倒是暗自松了口气。是了，方玉衡和京都的那个大官，中间差了个送信的人，为什么当时信送过去没有引起什么波澜，是被人截了，还是……

事情似乎越来越复杂，潘安却觉得离真相也不远了，就只隔了薄薄一层迷雾，只差一阵风就可以得见天日。

而瑞王，就是他需要的这阵风。

瑞王相当有名，只不过这个名声没有那么好听罢了，有人传他恃才放旷恃宠而骄，也有人批他花天酒地恣意放荡，甚至那些空穴来风的小道消息还说他无法无天贪赃枉法。不过潘安倒是听林圣喻讲过这个风评不堪的富贵王爷的一件事，有一年殿试刚结束，圣上晚上赐酒

赏宴，下午照例是新科才子打马游街，春风得意的好时候，可那日偏偏下了暴雨，瑞王就提议他来招待招待这些刚入龙庭的新秀。满朝官员都直呼不合规矩，可圣上还是皱眉答应了，只嘱咐他不要闹得太出格。

瑞王前脚信誓旦旦地答应了，后脚就把这些文弱的读书人弄上了船，准备在暴雨倾盆的天气里和这些读书人在没有斗船不能遮雨的船上畅所欲言，共商家国大事。当时就把人吓晕过去几个，还有几个太过慌乱落水险些溺水，最后只留下了两三个人颤抖着跟他喝酒谈天。这件事的直接后果是当日的晚宴，新科才子纷纷一脸菜色，身子更是柔弱不堪，回家后纷纷病倒，从此只要一听瑞王的名字就心底发寒。

林圣喻当时只是随口提了一下这件事，本来也没有什么印象，但是潘安后来无意中知道了那场殿试中的文人如今在朝里的官位品级竟跟他们在船上受惊吓的程度有一些看不见的联系。例如，最后留下的那两三个人无一不是官至高位，功绩甚伟，而那些落水吓晕的在殿试之后不是被调去了偏远的县城，就是被留在京里做着闲职，都政绩平庸，称得上碌碌无为。这事无论是不是巧合都让潘安对瑞王留了几分不错的印象。毕竟能在狂风骤雨中怡然不动的人除了那几位身居高位的官员，还有一个在世人眼里一无是处的悠闲王爷！

如今的瑞王已经人到中年，但是依然过得潇洒肆意，用朝里老人的话来说就是一点没见成熟！

潘安在路上的时候，还在琢磨要怎样才能把这个闲散王爷约出来，

结果他和小六子刚进京，就有人拦住了他们的去路，也不多言径直把他们往一座看起来就富丽堂皇价格不菲的酒楼里带。包间里面一个相貌堂堂、锦衣高冠的人正闲闲地倚在一张太师椅上，玩赏着一块上好通透的墨玉，气质不俗，果然是王孙贵胄。

听到声音半晌后，瑞王才抬起头来把视线从那块玉上移开，接着看向房内站着的人，相貌英俊，因连续赶路有些疲惫，眼神倒是冷静沉着。瑞王又盯着看了片刻见那人还是一样没有不耐烦也没有害怕恐惧这些情绪才笑道："有朋自远方来，不亦乐乎？"

潘安一动不动地任他打量，心想一定是师父提前跟瑞王打了招呼，这样子的话事情应该会好办很多。听见瑞王开口后，他不动声色地松了口气，自然地接话道："朋友不敢当，只是手里有些东西想必王爷会感兴趣。"

"哦？你有什么好东西啊？不过最近风声紧，王兄不让我收礼，要不然咱俩还能好好坐下来喝一杯。"瑞王颇为遗憾地说。

"不是什么好东西，父辈从京里带到清溪种出来的土特产，王爷或许可以瞧瞧。"潘安微笑，恰到好处，不卑不亢。

瑞王抚额，似乎在认真地考虑，然而下一句话与动作全然不符。

"可是我怎么听说你这个土特产吃死过人呢，好像还不少。"不等潘安接话，他又道，"也不知道二十年了，那些人的骨头腐烂了没有……"

潘安想到的是柳酥的师父,二十年前的知情人都死了,柳食烟是最后一个。

"二十年前的知情者中最后一个,几日前毒发于靖礼城外一间小客栈。"潘安淡淡地说,面无表情。

"那这么说,把这个东西给我你们不是亏了?"瑞王得到了回答,不可置疑地笑了笑,心中暗自哀叹。

二十年前,柳食烟孤身一人带着方玉衡的书信来京,风尘仆仆还未来得及喘口气稍作休整便急于求见瑞王。那个时候的瑞王正是风流浪荡的京都第一纨绔公子,夜夜笙歌醉舞,纸醉金迷,日子过得荒唐又舒适,日日沉浸在温柔乡的欢声笑语里,竟不知世上还有方玉衡信中提到的那些人——为了点富贵权势就置他人生死于不顾的官员。他当即大怒,带着人冲进了宋侍君的府邸,高声怒骂责问,还把信拿了出来,当着所有人的面扔在了宋侍君的脸上。

面对怒不可遏的年轻王爷,宋侍君表现得极为有风度,他面上甚至没有丝毫不悦,极为恭敬地笑呵呵地为瑞王一一解释。可年轻气盛的王爷越听他解释越生气,屡次打断质问,都被宋侍君不轻不重地抵了回来。等二人的事闹到朝堂之上时,反而像是年轻无知的王爷无理取闹,刻意找宋侍君的麻烦一样。瑞王闹得越凶,宋侍君就越加恭敬谦逊,当时满朝官员都认定了宋侍君是无辜的,甚至有人说瑞王受小人谗言影响,随意指责重臣,提出要严加追偿,严惩不贷。最可气的是,宋侍君明面上装得不计前嫌温良谦恭,暗地里却找人四处损毁瑞王名声,还对柳食烟、方玉衡等人暗下杀手。

自那件事开始,瑞王与宋侍君明争暗斗了二十年,一直是输多赢少,此时旧事又被翻出,瑞王意识到转机或许就是此时。当年他以为按照宋侍君的手段,知情的人早就被灭了口,证据也早被付之一炬,想不到清溪那些人竟能保住这些证据,还在此时翻了出来送到他的面前,真是命运弄人,在关键时刻把造化偏向善意的一边。

"这个东西二十年前就是要给王爷的,现在只能算是物归原主,况且,要是我给了其他人,王爷会舍得?"潘安要借助瑞王的势力不错,但是这个瑞王给他的感觉并不是很好,像狐狸,把猎人骗得团团转的那种狐狸。

瑞王似乎没想到潘安会威胁他,有些错愕,不过转眼就恢复了正常,他甚至在椅子上坐正了身子,向潘安招手让潘安把东西先给他看看:"毕竟二十年了,谁知道这些东西还有没有用。"

潘安也不说话,拿了两封信出来,其中一封印了边关标志,里面是几张泛黄的纸,上面详细记录了边关将士是如何被一层一层克扣粮饷以次充好,还层层压制不予上报不给调查,甚至连回京报信之人都被屡次刺杀。边关本就苦寒,那些将士更是常年戍边、为国牺牲之人,可是他们在边界辛苦拼命,却有人在后方拼命拆台,这哪里是贪污,这简直是禽兽不如,卖国求荣!

但是,这样的书信年年都有,却依然治不了那些人的罪,就是苦

于没有证据。瑞王盯着潘安,神情愤懑,早就不似先前那副懒散谈笑风生的样子了。

另外一封则是方玉衡亲手所写,署名盖了章的,上面详诉他从京都来清溪治水过程中所调查出的另一桩官官相护的贪墨大案,直指当朝丞相宋侍君纵容下属,私扣朝廷拨款,导致水患久久不治,瘟疫肆行,民不聊生。其言辞激烈恳切,方玉衡的一番热血一腔情怀都注入在了里面,却被尘封二十年,今日才有机会露面。

瑞王看完两封书信,久久呼出一口气,片刻神色如常严肃地对潘安说:"把东西给我。"

这个时候潘安才真的感受到了瑞王作为一个上位者的气势和压迫感,这才是真正的王爷,什么闲散富贵王孙子弟都是假象。

"王爷答应我两件事,自然把账册口供双手奉上。"潘安面对瑞王的强势,依旧冷静地提出了条件。

潘安对瑞王说出了自己的两个条件:一是帮忙救出三娘,二是还当年的钦差方玉衡一个清白,他头上该担的不是剿匪的功劳,而是……

"可是,你来晚了一步。"瑞王不动声色地说道。

瑞王告诉潘安,前两日宋丞相亲自上奏,说此次派去清溪的钦差有功,一举剿灭了百花寨、天龙寨等数十个大寨子,更令无数匪徒洗心革面弃匪从戎,这些话本没有什么奇怪的,可是,那个老东西突然跪下高呼有罪,而后更是说自己管教不严治下无方,愧为人臣,耻为人父，辜负了当今圣上的一番体恤，让钦差同意替他收殓义子尸骨。当然引得圣上亲自发问，宋侍君却表示自己的义子方玉衡当年治水剿匪另有隐情，多亏了这次钦差的明察秋毫才让真相得以重见天日。

"那老家伙说方玉衡当年治水时勾结部分官员徇私舞弊，克扣赈灾款，更与土匪勾结，牵扯不清，还有了一个女儿，更直指方玉衡早就与土匪沆瀣一气，同谋打劫军饷，简直是颠倒黑白，胡说八道！谁能想到那个老东西那么不要脸！"瑞王拍了拍桌子，看来被宋侍君气得不轻。

当日宋侍君一番掏心掏肺的话和就差撞柱以示清白的表演，虽然恶心了瑞王，却在朝堂上很有效果。方玉衡的女儿三娘立即被收押天牢，方玉衡也被回去的钦差参了一本，说他勾结土匪，心怀不轨，而三娘就是他勾结土匪的最好证据。在宋侍君的授意下，三娘在天牢没有过审就直接批了个秋后问斩。

潘安听瑞王说完也不得不承认他骂得真对，那个宋侍君还真不是个人，自己的义子都已经死了这么多年了，还能把骨头刨出来利用一番，真是心狠手辣不择手段。而什么所谓的钦差治匪，不过是为了去替他处理那些见不得人的事，如此枉顾法纪、以权谋私、胆大包天之人还没有被治，潘安觉得自己这个土匪窝的少当家实在是清白无辜得可以去演窦娥冤了。

"那他真的能一手遮天？"潘安的脸色很难看，特别是听瑞王说

三娘要被秋后处斩的时候。

"不能，不过也差不多了。"瑞王摇头。

"那还有其他的办法吗？"潘安问。若是那人真能一手遮天，他想方设法也要把那天捅出一个窟窿来！

"有，你！"瑞王见潘安微愣又说了一遍，"就是你，林圣喻广为赞誉的弟子。"

又是一个雨夜，雷声时不时在天边炸响，不久就可以听到淅淅沥沥的雨敲打着头上方寸的窗口，等雨再大一点，就会看到水花迸射进来，润湿窗沿，流淌下来打湿干枯的茅草。三娘背靠着牢房的门坐着，眯着眼看着那方寸之间透出来的黑色天空，偶尔有闪电划过，让她生出一种恍如白昼的错觉。然而这种错觉只能短暂停留，下一秒耳边就炸起了滚滚惊雷，快速将她拉回这阴暗潮湿的地方，她能感觉到自己现在有点虚弱。

越来越密集的雷雨天气预示着，快要入秋了，而半个月前那个人曾跟她说过，凉风至，白露降，寒蝉鸣，鹰乃祭鸟，用始行戮。她有些不敢想真到了那一天会怎么样，二叔他们一定会来救自己吧？可是，要怎么救呢？最好不要来了吧，方玉衡的女儿，其实也不是那么重要，对吗？

三娘仰了仰脖子，随着天气的转凉气温骤降，她明明应该感觉到冷，可是她却觉得身体很烫，像要燃起来一样。窗外又划过一道闪电，骇人的雷声似乎变小了,她仿佛又听见了那个人在说话:"方玉衡出卖了百花寨,又出卖了我,可是你看结果,我活得好好的,他却死了二十年了,他做的那些事都死无对证……

"方玉衡不自量力,你也一样,你看看现在他声名狼藉,百花寨也没保住,连女儿都要为他而死……"

不是的,不是这样的,我爹不会害我们,他也没有出卖百花寨,他是个好人……

三娘抱着膝盖使劲摇头,阵阵晕眩中她出声反驳那个声音:"没有,他没有,他没有做过……"

那个人嗤笑一声想要再次开口,却被大牢门口传来的喧闹声打断:"本王要见个小丫头,还需要宋侍君的同意?滚开!"

"王爷不行啊,王爷,不能开啊,王爷……"

"不可以啊,宋丞相说没有他的同意任何人不能……"

"滚开!这大牢是他宋侍君开的吗?见个人还要他的同意,给我拦着他们,我倒要看看,我今天进去了,他宋丞相是不是要把我也抓进来!"

"……"

还有些声音,一直在吵吵闹闹,三娘突然觉得冷,像是从骨子里冒出来的寒气,一时间就蔓延到了所有的经脉,冻住了所有的热血,她终于受不了喃喃出声:"冷……"

脑子里反复出现的又是谁的身影，谁拉着她的手，沿着石榴花铺满的小道一直走，又是谁一直在盯着她看，眼睛里像有破碎的星河一样璀璨，谁在说，如果那个人不是我……

不是，不是的，不会是他的，三娘痛苦地闭着眼陷入一片黑色的空间里，彻底失去意识前，她想问那个人：你是谁？

一阵吵闹后，牢门被打开，有人匆忙将三娘抱在了怀里，温热的身体吸引了她所有的思绪，她往散发着热度的身体靠去，有人轻轻地捋起她滑落在脸颊的头发，轻柔的呼吸扫着她的耳边，可是她感觉不到痒，也睁不开眼去看那人是谁，只是凭借一种本能的信任靠了过去，找到那个温暖熟悉的怀抱。

潘安抱着怀中的少女，努力用自己的体温使她暖和起来。他抚摸着她发白颤抖的唇，仔细听她似蝶翼轻微震动般发出的细弱呢喃，眼中满满的心疼和自责，但他抬头望向瑞王时，则是不加掩饰的愤怒和破釜沉舟的决绝。瑞王也看到了牢里的那个丫头，脸色惨白，发着烧看起来很柔弱，连在恋人怀里都痛苦地拧着眉。

瑞王皱着眉转身："你们就是这么对犯人的，这么冷的天连床被子都没有？人都那个样子了，还不赶紧去请个大夫！过几天要重审她，出了事你们谁担待得起！"

看着在瑞王的叱责下唯唯诺诺去请大夫拿被子的狱卒，潘安心里只有一个念头，还好他来了，还好他不顾别人的劝阻执意来了……

"你等我，等我……带你回家。"窗外电闪雷鸣，风雨大作，牢房里阵阵喧闹，人匆匆忙忙，他抱着怀中的少女就像沉入了另一个世界。

自那日起，他在瑞王的示意下借他师父林圣喻之名去联系接触京都的一些官员。瑞王说过，即使再黑暗的地方也能透进光来，只要找对了路，肯下功夫，总会有机会的！

这世上有人被金钱和权势蒙蔽选择顺从和依附，也有人不屈不挠只为了一个真相，有一些人谋取私利再心狠手辣地试图掩埋一切的证据，但更多的人会选择和相信正义。

真相或许会来迟，但它不会永远埋藏……

瑞王对这个年轻人也很惊讶，他只是给潘安提供了一些人选，这些人里面不一定每个都靠得住，也不一定每个人都愿意冒这么大的风险来帮他揭露宋侍君。毕竟宋丞相官职高，在朝时间长，门生多，愿意得罪他的人确实没有几个。可潘安义无反顾地做了，四处奔波，虽然林圣喻的弟子这个身份让他能够接触到一些人物，但他得根据具体的情形见机行事。短短十几天里，潘安秘密拜访了几十位官员，从中再分辨出哪些靠得住的，哪些是中立的，又有哪些根本和宋侍君是沉瀣一气的，再逐一说服那些清正廉明和中立的官员相信他，相信他手里的证据，还要注意不能打草惊蛇，更不能让宋侍君等人有所察觉。

一开始瑞王还想劝这个年轻人放弃，现在也不由得对他高看了几

分，甚至有些说不出的佩服和赞赏。

潘安就在这十几天的时间里，让数十位大官联名弹劾宋侍君，成功让圣上同意重审方玉衡一案，并命人开始调查宋侍君。今朝才颁下的旨意，可宋侍君早就债台高筑，手里有无数条人命，墙倒众人推，倒台是迟早的事了。他自升丞相以来就专权跋扈，更是纵容下属以权谋私，人们早就对他积怨已深，只是没人敢开这个口，更何况一般人人微言轻反而容易被倒打一耙，就像多年前的方玉衡……

铁证如山，宋侍君想保命，怕是没那么容易，怎么着也要血债血偿，才对得起那些边关战死的兄弟和因水患流离失所的无辜百姓！

没有人天生以英雄和好人自称，很多英雄都是被叫了英雄之后再拔的刀，很多的好人也是因为别人的信任和托付才成了好人，或者说守住了自己心中的善意，没有沦落成为一个恶人。当年潘星海因为安傲雪的一声英雄而拔刀，救下了安大人一家，开始了这二十年充满了秘密和守护的征程。二十年后的潘安带着三娘对她爹好人的坚信一步步撕开掩藏已久的面纱，把所有的秘密和罪恶都公之于众，也让那些蒙冤多年的善意得以释放，让那些被曲解的英雄成为顶天立地的英雄，让那些揣测怀疑多年的好人还原本来的面目。

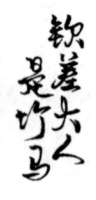

瑞王将方玉衡当年留在百花寨的东西公布于众，里面详细记录了宋侍君纵容下属，私扣朝廷拨款，导致水患久久不治，瘟疫肆行，更

有边关书信一封，揭露宋侍君一门克扣军饷，还屡次刺杀回京报信之人。十几年前的血书终于得见人世，被奉承被辱骂的人终于暴露无遗，一切的真相都浮出了水面，一时之间更是顺藤摸瓜牵扯出了一桩又一桩见不得光的事……

树倒猢狲散，破鼓万人捶，宋侍君很快就被判了个秋后问斩。风光无限的丞相一朝败露沦为阶下囚，可见啊这不明不白的富贵就要不得，亏心的事也不能做。天生富贵好命又因为宋侍君一案立下大功在京都扬眉吐气的瑞王一边抱着一尊半人高的玉珊瑚摇头唏嘘，还一边嘚瑟，把自己的事迹写成了话本叫人拿去茶楼广为说唱，看得潘安一脸无语，不禁想起朝里那些老人的评价，真是一点没见成熟！

宋侍君被抓了，按照瑞王的说法是除非改朝换代否则无论出什么意外，他都是死定了。方玉衡平反了，但是他已经死了，唯一的家眷还在牢里，对，潘安深呼一口气告诉自己今天是为了三娘来的，不能跟这个不成熟的中年男人乱扯，他整理了一下被瑞王打乱的思绪，强行把话题拉回正轨。

"方玉衡平反了，不能把他的功算在三娘身上放她出来吗？"

"唔，你以为是去吃饭啊，吃不完的还可以给别人吃。"瑞王毫不客气地说，又加了句过脑子的话，"你的话也有道理，可你应该知道有人不答应啊。"

潘安静默，冷峻的脸上浮现出些许戾气，他当然知道，宋侍君虽

然倒了,但他盘踞京都几十年,门下更是牵扯无数,要想完全清除几乎是不可能的,这些人想要三娘的命!方玉衡死了,瑞王动不了,他们也就这点本事了。潘安冷笑。

"你就说有没有办法吧,没有我就自己想办法了。"潘安望着瑞王的玉珊瑚,冷静地开口。大不了就是劫个囚,再回清溪去做他的土匪头子!

"肯定有啊,你看我们这关系,好歹都是共患难的交情了。"瑞王不动声色地把玉珊瑚往后挪了挪,这可是今早才从宫里讨来的,今日入宫本就是为了方玉衡的遗女去的,人家爹为了百姓费尽苦心,还背负骂名二十年,现在好不容易沉冤昭雪你却要杀他家人,实在是说不过去,连瑞王这般厚脸皮的人都觉得方玉衡一定会死不瞑目半夜来敲门。

所以,在某人的授意下,瑞王已经准备好了偷偷地放走三娘,再随便找个理由说人病死了也好,失踪了也罢……

"不过,有个条件,你要留下来做官,唔,就在我府上先当个幕僚吧。"瑞王又急忙加了句,在潘安平淡冷静的注视下显得略心虚。

当天晚上,瑞王就带了潘安和几个亲卫去了大牢,偷偷地带了三娘出来。对此,三娘表示并没有多高兴,因为她觉得一群黑衣人出没一直都没有什么好事。她在牢里被关了很久,她知道这个牢房从东到西要走十步,从南到北只需要六步,窗外听到的脚步声,如果进来牢房需要半刻钟。牢房西南角有个老鼠洞，里面有三只灰黑色的小老鼠。她也知道外面的狱卒经常欺负隔壁的一个贪官，好像是收了谁的钱，可是她对于外面的事什么都不知道……

直到她看到那个人摘下黑色衣袍上的帽子，露出一张梦里幻想里不知出现过多少遍的熟悉面孔，温润俊脸的谦谦公子，有一双装着星辰的眼睛，不经意间就能把人吸入那浩渺绚烂的无边深邃中，去感受那里的深情和温柔。她向着前方伸出手，恍在梦中，她问出了那个从相遇就一直萦绕在心里的问题："你是谁？"

那人握住她伸出去的手，笑了起来，如雨后初晴，天边氤氲着彩色的柔光。她看着那个人微笑开口，然后一字一句地说出："我是潘安，我来带你回家。"

三娘恍惚之间如晴天霹雳，她试图掰开那人的手，无果。

"你，不用这样……"你不用是潘安，你应该是你自己。

"嘘，我先带你出去。"潘安用力抓住三娘，看着一脸呆愣的姑娘，笑得很是愉悦。只是据瑞王揣测，那小子这么笑，一定又在憋坏主意。潘安表示很冤枉，他只是少解释了两句而已，虽然现在还不到秋后算账的时节，他至少可以收点小利息，看看天不怕地不怕的百花寨大当家吃惊错愕的表情。

这世上有些事，要来日方长才能解决。

第二日，立秋。

王者配天，谓其道。天有四时，王有四政，四政若四时，通类也，天人所同有也。庆为春，赏为夏，罚为秋，刑为冬。秋天，已然到了涤荡污秽的时节。

这天下了很久的雨突然停了，天地肃杀，风飒飒地吹着湿润腐烂的落叶，路上行人往来拥挤，京都的繁华一如既往，不受任何事情和时间的影响。

凉风至，白露降，寒蝉鸣，鹰乃祭鸟，用始行戮。

北门的十字街口异常地拥挤和热闹，很多人特意前来瞧一瞧那个做尽了坏事的前丞相，感叹一句法理昭昭，不容污秽。

瑞王作为这次的监斩官自然早早就到了场，还嘱咐下人告诉潘安和三娘早点来，争取占个观看的好位置。他正向底下围着的老百姓们风轻云淡地嘚瑟自己的功绩时，几匹快马拿着他的令牌飞奔出了京都，往云岭山脉的方向去了。等他一脸沉醉地回去知道这件事时已经马蹄滚滚，不留烟尘了，王府的管家只听见自家王爷骂了新来的幕僚半个月，但是幕僚始终没有出现，王爷居然也没有派人去找……

方玉衡得以正名，潘安与三娘等人并没有等着看宋侍君恶有恶报，而是一路匆忙朝着清溪的方向快马飞驰而去。

"为什么要逃呢？"经过一天的没命奔波，小六子累得已经不想动了，趴在一间茶棚的桌子上，蔫答答地问潘安。

跟着潘安混了一段时间后，小六子已经毫不留恋地抛弃他昔日的老大,改投了潘安的麾下。不过潘安嘴角噙着一抹笑意正专注地看着小六子昔日的老大,似乎没注意到他这个忠心耿耿的小弟。

小六子又大声问了一遍,潘安才回答:"这不叫逃,这叫归家心切。"实际上是如果不跑快点,瑞王一定不会放过他。他这辈子都忘不了在瑞王府上那半个月过的都是些什么日子,简直是把他这辈子要用的智商都提前透支了。如果继续留在瑞王府做什么幕僚,肯定会劳碌致死的。不过还好,他那段时间的所有艰辛都得到了回报。

他转过去接着看那个正在猛灌茶水的姑娘,那才是他接下来要做的最重要的事,不是吗?

三娘被救出来后,潘安也未向她解释他是如何恢复记忆,恢复身份的,只略微提了一下方玉衡已经平反的事,小六子压根就不知道潘安根本没对三娘解释他身份的戏剧性转折。

小六子见潘安眼里已经没了自己就自觉地不再说话,圆溜溜的眼睛直直地盯着三娘,心里暗自琢磨了起来。说起来,他还有点不习惯三娘这个样子,自从她从牢里出来既没怎么说过话,脸色也有些苍白,跟他的对话只有三娘问了他一句跟他们一路的那个人是谁,他回答后三娘的脸色似乎不仅苍白,还有点颓败,一副愧疚不安又痛苦纠结的表情,经常眼神忧郁地望着潘安。

潘安也不在意,每次都报以爽朗的笑声,但三娘看到他笑后面容更加扭曲了,整个人摇摇欲坠欲言又止。按照小六子对前老大和现任老大的判断,两人这种莫名其妙的行为一定会有一个人先绷不住,而

这个人，十有八九会是三娘。

正想着，就听到了那边传来了三娘的声音："你到底要怎么样？"语气有点复杂，有点难受，还带点愧疚。

小六子连忙正襟危坐竖起耳朵准备听八卦。

潘安还是淡定地微笑，安抚她说："你不相信吗？我说我是潘安，你不高兴吗？"

"你不要这样好不好，你不用是他的，你的记忆难道还没有恢复吗？"三娘有些生气，更多的是一种类似自责的情绪，一边期待别人发现真相，一边又期待着原谅。

"嗯。"潘安点头，迟疑了一下又笑着说，"你说过，我可以不用是其他人，只是你的安哥哥。"

潘安在心中冷笑，我当然恢复了记忆，要不然还不知道你对我做了什么！

刚开始潘安只是想戏弄三娘一下，让她也尝尝这种千般思绪缠绕不得解脱的复杂感觉，可不知怎的每次看着三娘欲爆发又强行按捺住的样子，他竟觉得有趣，于是一路上故意不告诉三娘。

这种带一点戏弄意味的笑让三娘更加觉得这个人不是潘安，他是故意的，可为什么，为了她在山上的一句话，不，不能信，一定另有隐情。三娘强行让自己保持一点理智，可是这点聊胜于无的理智在她完全不知真相并且小六子还叛变的情况下，简直是微不足道。

她开始生出一种自己被关傻了的错觉,怎么回事?难道顾老爷子又发明了什么新药,有吃下去就前尘往事一笔勾销,还让人死心塌地的效果……

要不然完全不能解释好吗?

她以为完全见不到的人或者再见面就是仇人的人坦然无比地接受了并且坚信自己就是个替身,还对两次害他失忆的女人体贴温柔照顾周到,这不是吃错了药是什么!

三娘完全不知道自己的想法离真相越来越远,此时她脑内突然灵光一闪。

难道是……

三娘心里产生了其他的想法,他想跟着回去报复百花寨,还是在刚刚她喝的茶水里下了毒?她拿起刚刚的杯子看了看,又凑近闻了闻,好像没什么问题。

潘安以为她要喝水又给她倒了一杯,温度适宜,看起来清香爽口,三娘更加怀疑,于是她不假思索地把杯子端到了潘安的唇边。

"你喝!"

潘安盯着三娘看了一会儿,三娘手有些抖,但还是坚持要潘安接过去喝看看有没有毒。然后潘安眼里的笑意加深,一圈一圈地荡漾在清澈的杯底。他就着三娘的手喝完了那杯茶,末了还舔了一下嘴角的水渍。三娘脑子里又好像炸开了一样,就像火过燎原,寸草不生。

接下来潘安还做了什么，说了什么，她都反应不过来了，她脑子里全是"美色误人"四个大字。古人真是诚不我欺。

直到小六子一脸莫名其妙说她脸红了叫她上路的时候，她才呆呆愣愣地往那边走，然后就看见潘安站在雪白的阳光下，伸手摸了一下唇。她也习惯性地跟着摸了一下唇，微微湿润，还带着那杯茶的清新，接着她感受到了自己脸颊传来的灼热，一下子就蔓延到了耳朵。她不自然地去小六子那里抢过缰绳，飞身上了路，似乎听见了身后某个人愉悦的笑声。

三娘拍了拍马脖子让马儿跑得更快，笑什么笑，天天都在笑，又不是卖笑的，没人给你赏银！

用小六子的话来说，这一路上风和日丽阳光明媚看新旧两位老大闹着别扭旁若无人地卿卿我我，真是过得相当愉快。当然这份愉快只限于潘安，三娘一直觉得这一路上都不是很愉快，这不愉快的直接原因就是不肯告诉她真相还一直跟着她试图占她便宜的潘安！

以前她都没有发现，这个人如此不矜持，经常笑得一脸暧昧，莫名其妙！当然潘安表示无辜，还相当敷衍地解释了自己说的是实话。

对此小六子忍不住暗自吐槽了几句自己的前任老大，以前都是三娘死活拉着潘安追着撵着要占人家便宜，现在从地下情一朝之间见了光怎么还不好意思了。小六子直呼三娘你的脸去了哪里，你不是话本里娇滴滴的大家闺秀啊，你是百花寨的大当家十里八寨著名的女土匪啊!

然后小六子就被胖揍了,三娘用实力证明了你老大还是你老大,揍你一顿还是轻而易举不费吹灰之力的!而且在小六子被揍时,他的现任老大旁若无人全程微笑围观,不仅没有一点要帮忙的意思,还让小六子有一种随时都会被夫妻双打的错觉,简直是无妄之灾。

潘安摇摇头风轻云淡地表示自己并不是记仇,毕竟骗他的事三娘才是主谋,小六子最多就是个不分是非的帮凶而已。

而小六子不知道的是,真正的"无妄之灾"没有到来,因为潘安开始并没有告诉三娘他为什么是潘安,他却以为潘安说了,于是一直也没有说……

罢了,有时候很多的悲剧都是从一个小小的误会开始的,虽然有时候这个误会是人为且刻意的!

第十九章·敢从三娘手里抢人

三娘突然就想起了那日凑上来的女子,心里没来由地堵得慌,没等小六子说完就直接打断:"想嫁给他的人那么多,但是里面绝不会有我。"

三娘刚开始一直怀着愧疚又不安的心情对待潘安，但是在数次向他询问真相后被匆匆敷衍，还在一路上对她很自然地动手动脚后，三娘决定破釜沉舟，当即扑过去和潘安打了一架。至于战果，据唯一的目击证人小六子说，那叫一个惨烈！打得那叫一个昏天黑地！日月无光！简直是愧对这么多年的武学修养，完全就是集市上卖菜大婶和卖肉屠夫的打法，手脚并用而且手忙脚乱，但是除了把衣服扯坏、头发挠乱之外，没有任何实质性的伤害。当然，潘安的脸被挠了，嘴角破了。至于三娘，大概手指甲有些痛吧。

这件事被小六子传回去后，寨子里的小孩子尤其是顾轩经常用这个事来逃避他爹叫他去练功。他说："毕竟你看大当家练了这么多年，练得那么好，打个架还不如我……"

三娘就这样一路上和潘安打打闹闹的，她天真地想到时候回去了你就知道谁是潘安了，我也知道你是谁了。

结果还没等到回去，她和潘安就又出了问题。

他们在回去的路上遇到了一伙劫匪，本来按照潘安三人的身手是不会有什么事的，但是那天遇到的是个女土匪头子，潘安也不好意思直接对人家一个娇滴滴的大姑娘下狠手，避让了几招后就把人往三娘那边带。谁知三娘这些日子反复琢磨潘安的事本就有些恍惚，此时更是与潘安默契全无。眼见那个女土匪劈头过来一剑，三娘情急之下居然没做出抵挡也直接把刀往那人脖子上挥去，这完全就是个两败俱伤的招式，潘安大惊，一刀隔开那女子落下的剑，把人带向一边。潘安也因此被三娘的刀划破了手臂，那女子也想不到三娘居然是如此不要命的打法，此时被潘安带开也不免有些后怕。看着潘安手上的伤，那女子和三娘同时停了手，三娘盯着还在那女子身边的潘安，脸色难看地扔了刀，一言不发。

看了看两边都沉默着，潘安决定破财免灾，息事宁人。

可三娘和那个女子都不同意，那女子横着一双杏眼偏要潘安跟她回去成亲，三娘当即大怒，抽过小六子手里的刀就想上前，却被小六子拼命拦着，只能眼神不善地死盯着那个女土匪，好像她再说一句就立马要上去拔刀相见。

小六子暗暗地佩服对面的姑娘，敢从三娘手里抢人，勇气可嘉啊！

潘安看得想笑，侧过身去耐着性子跟那女土匪低声解释，言明自己是有家室的人，三娘就是他的未婚妻，只是他们现在有些误会，还不能完婚，还问那女土匪招婿的条件，说自己可以帮忙留意留意，一会儿就聊得那人飘飘然不知所以打算让路放他们过去了。

三娘见他二人聊得热络，有说有笑的样子觉得刺眼，直接留了句："你若想就留下和她成亲吧，我和小六子自己回去。"

随即谁也不管地上马走了，留下无奈的小六子和潘安两人面面相觑，只得匆匆策马跟上。

自从发生这件事后，三娘就一直对潘安不闻不问，不是客气地拒绝，就是拿话刺他，潘安也像不会生气一样照例对三娘照顾有加，主动避让，绝不争吵。

看得小六子都替他委屈，偷偷地让三娘收敛点："你看人家，脾气又好，长得又好，别人想嫁都凑不上来，你就稍微对人家正常点啊……"

三娘突然就想起了那日凑上来的女子，心里没来由地堵得慌，没等小六子说完就直接打断："想嫁给他的人那么多，但是里面绝不会有我。"

刚说完，三娘转身就看见了潘安，他神色晦暗，手里拿着一包糕点，正冒着热气。

三娘有些心虚，但还是冷着脸走开了。

三人就这样回到了百花寨。

三娘有点意外，她出去的时候月黑风高偷偷摸摸，现在回来居然受到了陈二当家、顾三当家以及百花寨男女老少的全体欢迎，好吧，

· 243 ·

其实有一半都是带着熊熊怒火等着教训她的，以陈二当家为首；还有一半以吴大娘为首半嗔半怒无奈地想骂她又心疼她的。然后，怎么还有一路人？还有几分眼熟，哦，原来是天龙寨的兄弟们，三娘正想上去感谢一下这些兄弟，一起打过架的交情就是不一样，这么远还跑来接。

只是，情况好像有点不对，只见天龙寨的兄弟们径直越过了她走向了她身后，抱拳齐声吼了一句："少当家！"

在她转身愣住的时候，她看见潘安的脸上已经挂起了温和得体的笑，他冲百花寨的父老乡亲抱拳说道："我离开的这段时间多亏各位照应天龙寨，寨中还有要事，就先行一步了。"

接着他从怀里摸了个东西出来塞在三娘的手里，手感温润，质地通透，甚至微微可见柔和的光泽，一入手三娘就知道这是块好玉，还有些莫名的熟悉。

"既然你不愿意，那就把我的玉还给我吧。"这是三娘听他说得最冷漠的一句话，不带一丝感情，掷在这秋风飒飒而过的山上，只有透骨的凉意。

而后，那个人就在她眼前头也不回地走了。

陈二当家把明显失了魂的大当家带回了自己新修的书房，从一个破旧的木头盒子里小心拿出了半块玉佩，跟三娘手里紧捏着的那半块合上，龙凤呈祥，云团锦簇，精致雕刻打磨过的花纹栩栩如生，三娘觉得它似曾相识，甚至记忆深刻。

"二叔，这到底是怎么回事啊，他到底是谁啊？"三娘苦笑，这演的又是哪一出，李代桃僵还是移花接木？

陈二当家也对在寨子口发生的事颇为好奇，但他还是在这个关键时刻按捺住了自己的好奇心，清了清嗓子开始给三娘叙述潘安是如何成为潘安的，又是如何找到了方玉衡留下来的东西的。说到他亲自从埋葬丹若和方玉衡的那棵树下挖出那些书信账册的时候，陈二当家还特地抽空看了眼三娘的反应，发现三娘似乎正在神游，完全不在意他做了什么事后，他快刀斩乱麻地把后面的事一语带过了。然后，陈二当家长舒一口气准备满足自己那不可多得的好奇心的时候，他听见三娘颤抖着问了句："他真的是潘安？那我，我……"

三娘抓着陈二当家有些不知所措，她一直不愿意相信他就是潘安，除了自己的原因外，还有一个重要的原因就是，她绑了潘安，让他失忆，导致了他连潘星海的最后一面都没有见到。铺天盖地的自责和愧疚向她袭来，一刹那就足以将人淹没，带给人窒息般的死亡感。

"他一定很恨我吧，二叔？"三娘可以接受他是钦差，可以接受他是任何人，除了潘安……

如果不是她，潘安会回到天龙寨，说不定潘爹爹也不会……三娘快崩溃了，这比在天牢里生死未卜还要恐怖，比在路上她以为那个人假装潘安时还要难过。她直接推开陈二当家冲了出去，可是看着空荡

荡的寨子口,她发现刚刚那个人那句话并不是随意说的。

陈二当家追出来解释,他说潘星海的事情跟你没关系,潘星海本就病入沉疴,命不久矣,就算没有那些事也是不行了……

"二叔,那块玉是在哪里找到的?"三娘记得那块玉她从小戴着,但是潘安突然消失,她被接回百花寨后就找不到了。

陈二当家似乎没想过她会问这个问题,愣了愣才回答:"你不记得了,那个时候你刚刚被带回来,你给潘安写了封信,他没有回,你就把这块玉埋了,还是我偷偷地给你挖出来的。"

陈二当家突然意识到三娘这种把重要的东西埋地下的不好习惯也是从她娘那里学来的,感觉隐隐头痛。

"给我吧,我想还给他。"三娘说出这句话的时候感觉很难受,又有点悲哀。她曾经无数次想过那个人就是潘安,可真相来临,她却不敢接受,甚至没有办法面对潘安对她的好,哪怕所有人都在说不能怪她。

三娘从陈二当家那里拿了玉就往林子走,她想找个地方好好想想,潘安的那句话,到底是真的,还是只想跟她开个玩笑?自己路上的所作所为是不是真的太过分了?

在路上遇到了正在教顾轩和柳酥捉松鼠的小六子,三娘顺手揍了一顿小六子。毕竟潘安那句话,小六子也要负点责任,如果不是他一直不把真相告诉她,她也不至于在路上和潘安扭扭捏捏地闹脾气,搞得人家像个强迫良家妇女的坏人一样。虽然她从方玉衡那边算也能算个良家女子，但是毕竟他们俩还是定过亲的，性质上还是有区别的。虽然潘安现在好像在闹退亲，万一那是他俩最后相处的几天了呢！三娘越想越气，下手越来越重，如果不是柳酥和顾轩拦着，小六子怕是见不到明天的太阳了，眼睛都被打肿了。

经过了这件事后，顾轩深深地认识到了武力的重要性，发誓一定好好练功，绝不偷懒耍滑，而柳酥表示不信。

那日在巷子里顾轩和柳酥打了一架后谁也不理谁，柳酥决定独自去客栈找他师父，要为他师父殓尸，并叫顾轩有多远滚多远。顾轩不放心就偷偷地跟了上去，谁知客栈里面那钦差还留了两个人专门等着逮他们，还好顾三当家和顾遥及时赶了过来，要不然潘安要救的人除了三娘，可能还有两个小拖油瓶了。

顾三当家替柳食烟收殓了尸骨，看着跟顾轩差不多大小的柳酥，干脆一并带了回去。顾轩也是这个意思，不过他的说法是老大一定罩着小弟，结果回去不久后在顾三当家的教导下，柳酥打架越来越有技巧，顾轩那小子倒是经常哀号着叫"老大饶命"。

三娘并没有如愿地一直窝在百花寨，虽然她无数次想拿着潘安的玉佩跑去天龙寨，但是她胆怯，她不敢，所以她只能多给自己点时间来消化这些事情。但是，她只意志消沉了五天就被陈二当家抓出了寨子，几乎全寨出行，她才意识到这是要去天龙寨了！

·第二十章·
道个歉我就原谅你了

"对不起……"对不起我现在才发现,对不起我没有把你认出来……

当年那个少年心心念念的一句道歉,在多年后的某一天终于等来,那个一脸骄傲的小姑娘也长大了。

潘安说的要事，就是潘星海的葬礼，一代大侠的葬礼，拖了这么久才办，也算是独一无二了。原来潘星海死后，刚开始因为潘安失踪，天龙寨的人一时拿不定主意想等潘安找到了再做打算，后面潘安找到了，但潘安明显忙着救媳妇，一代大侠潘星海居然只是被草草掩埋，连个正儿八经的葬礼都没有！

等到所有的事都基本解决了，在大家伙的商讨下潘安重新定了葬礼的日子，又派人去各个寨子通知。来的人也相当多，三娘从上山开始就注意到了，几乎附近这些寨子里的人都来了，连最远的望山门叶温寨主都带着女儿亲自来了。

整条山道都挂上了白绸，来的人都素衣白鞋，神色哀恸。三娘在这一刻真正地意识到了潘星海死了，再也不可能出现，对她无限纵容的潘爹爹不在了，不知不觉间她竟泪流满面。

潘灵子和几个天龙寨的老人在寨子口迎接前来吊唁的人，三娘转了转并没有看到潘安，猜想他应该在别的地方招呼人，就径直去了潘

星海的灵堂。她来的时候就已经想过了,守孝三年或许潘安不会同意,但这最后七日她还是要守的,方玉衡死得太早了,对三娘而言潘星海才更像个爹爹。

来灵堂的人很多,沉默地去烧纸,再静静地站上片刻,有些借着烧纸的时间说上几句,大多数还会掉点眼泪,再哀痛地离开,离开时还不忘拍拍跪在那里的潘安的肩膀。

三娘也不清楚自己站在门口多久了,她发现跪在那里的人几乎没有起身,也不说话,只是礼貌性地冲人点头。这个时候已经没有什么人上山了,潘安仍是跪在那里,背挺得很直,仔细看会发现有些颤抖,很快,颤抖的幅度越来越大。三娘像是意识到了什么一样,抬手摸了摸自己的脸,也是一脸冰凉。

三娘狠狠地闭了眼,像是鼓足勇气做了某个决定,她缓慢而坚定地走了进去,跪在潘安的身后把人轻轻拥入怀中。潘安像是知道后面是谁,刚刚绷得笔直的身体缓缓地倒了下来,他把脸埋入三娘的肩窝,二人在最后的亲人面前,相拥着抵御痛苦,静穆得像是同这雪白的灵堂融为了一体。

在脸上和肩膀一片湿润中,三娘听见自己说:"我不会把玉佩还给你,因为我不忍心看你一个人受这份离别的痛苦,也不愿意让你没有最后可以放心依靠的肩膀。"

所以,请你原谅我,让我陪着你……

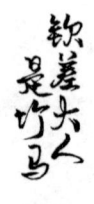

七日时间看起来转瞬即逝，三娘却知道无论是于潘安还是于她自己都无比漫长，他们日日跪在潘星海的灵前，脑子里一遍又一遍地回忆那些过去，潘星海的音容笑貌，说过的一字一句都被他们翻了出来，反复咀嚼。三娘觉得很难受，一个人的一生只用七日就悼念完了，就这样永远地结束了吗？

潘安说不会的，谁都会记得他，要我们都死了，记忆停止了，他的生命才会真的结束。

潘星海下葬的那一天，清晨雾朦朦胧胧的，整片山都被细雨笼罩，飘在人的脸上冷得直打战，但没有一个人露出不情愿的表情，数百米山道人影相接，人们沉默肃穆，哀婉凄清。所有人都等到棺椁披上一层又一层黄土，再朝那描金黑字的青石墓碑拜了三拜，亲手点三炷香，静默片刻才蹒跚离去。

一代英雄豪杰，就此青山埋骨。

潘安在那日后就搬到了天龙寨的后山一处新筑的小屋，素食素衣，日日去父母墓前上香磕头。三娘也跟着一起，清晨跟潘安去墓前，中午再回来，形影不离。

"你要对我说什么？"潘安坐在天龙寨山后的清泉边，手里捧了卷诗书闲看着。

三娘默默地跟了过去，在他旁边坐下。他们二人这几天的日子过得很奇妙，潘安去哪儿三娘就跟到哪儿，对他简直算得上是细致入微

地照顾，甚至偶尔潘安提出点略微不讲理的要求，三娘也是百般忍耐，脾气好得像换了个人。现在的她和潘安跟从京都回来路上的比起来宛如角色调换一般，三娘终于意识到那个时候的自己有多么矫情和无理取闹，恨不得时光倒溯去掐死那个百般做作的自己。因此她对潘安也就更加忍让和体贴，还通过潘灵子带话让他使劲矫情，争取把那一路上她矫情过的戏份都矫情回来。

"我说过，我不会把玉佩还给你。"经过二当家和小六子的反复洗脑，百花寨的大当家终于重新拾起了她那不要脸的本事，凑过去淡定地说道。

"哦，那你还要说什么吗？"潘安甚至没有看她一眼，也同样淡定地说道。

"还要说什么啊，我都说了啊，是二叔硬要我留下来守孝的，虽然我……"也很想。

话未说完，就被潘安打断："不是这个。"

前两日二当家明显是不想让三娘再回去百花寨了，于是，他当着所有英雄的面说，潘星海与三娘情同父女，让三娘一起跟潘安守孝，等孝期过了再回去。三娘立刻同意，心道其实不回去也可以。

"还有什么啊？"三娘瞪着潘安，略心虚，毕竟她做过很多对不住潘安的事，首当其冲就是敲了他两次，搞得人家两次失忆，跟玩似的。

潘安不说话，很有耐心地看着她。

"好了，我承认，我是打过你那么两次，不过你现在已经没事了。二叔说我们百花寨愿意割地赔款，任你处置。"三娘拉上二当家的承诺之后，顿时有了底气。

潘安还是静静地看着她，姿势都没变过。

"唔，我可能还骗了你那么几次，要不你打我一顿？"三娘小心翼翼地提出和解条款，心道这确实是没了，这家伙着实过分，都不是当年那个小胖子了，性格还是这么别扭，一点都不爽快。突然间，三娘一愣，好像想起了什么似的盯着潘安，一脸难以置信，他不是跟那小胖子一样要那个啥吧？

潘安对三娘的提议很是不屑，笑着摇了摇头，突然俯身凑到三娘耳边低声说了句什么。三娘猛地起身，一双明媚的眼滴溜溜地乱转，不知在想些什么，最奇怪的是在潘安似笑非笑的注视下，三娘堪称厚如城墙的脸上居然浮现了几抹可疑的绯红。

沉默良久，三娘艰难地开口："对，就是吃醋了怎么着吧，就是看不惯你跟那女的嬉皮笑脸的样子，轻浮！"

潘安闻言大笑不止，伸手去拉三娘坐下。三娘坐下后不知怎的也跟着笑了起来，一边笑一边去捂潘安的嘴，潘安挣扎着去挠三娘腰上的痒痒肉，二人闹了良久才停下。

突然，潘安清了清嗓子，盯着三娘的眼睛，一直到那双有些闪躲的灵动眸子里出现了自己的影子才缓缓开口，一字一句，诵着当年的

诗句：

"蒹葭苍苍，白露为霜。所谓伊人，在水一方。"

"溱与洧，方涣涣兮。士与女，方秉蕳兮。女曰观乎？士曰既且。且往观乎？"

……

他一直念着，声音低沉而温柔，像远方传来的徐徐古音，又像多年前在这水边反复向身边的女孩念叨爱意的少年。

"对不起……"对不起我现在才发现，对不起我没有把你认出来……

当年那个少年心心念念的一句道歉，在多年后的某一天终于等来，那个一脸骄傲的小姑娘也长大了。

温情的气氛并未维持太久，突然，三娘看到潘安放在石头上的书疑惑地向潘安发出疑问。潘安立刻收起来表示这个不重要，反正他是不会承认这是他怕紧张特意带来的小抄。

日子就这样不紧不慢地过着，转眼间已是三年后。

孝期刚过，三娘就迫不及待地拉起潘安收拾包袱要回百花寨看看。毕竟陈二当家他们已经半年不曾来看过她了，潘安面色如常地笑了笑，默默地把包袱放了回去。

然后，三娘就悲伤地发现百花寨已经成功地化整为零，没入寻常百姓和守边将士的队伍里去了，并且据从望山门回来的小六子说，陈二当家已经去紫竹寨打了半年的秋风了,并且丝毫没有要回去的意思。

所以,现在百花寨是……

三娘看着百花寨的门口出现了一批又一批陌生的面孔,从寨子里搬着一坛又一坛的东西,她看了半天才发现那是酒!

所以,百花寨现在已经变成了卖酒的?

三娘一脸惊讶地看着潘安,眼里的意思很清楚,那就是:你为什么没跟我说,不对,是为什么没有人给我说?

"还没来得及告诉你,不只是百花寨,连天龙寨都不打劫了,紫竹寨和望山门也都不干了。百花寨和紫竹寨成了卖酒的,天龙寨和其他寨子一起组了个镖局。"潘安一边解释一边把三娘往里面拉,虽然外面改头换面了,但山后还是没有任何变化,各色野花争相开放,一片姹紫嫣红的美好。潘安拉着三娘的手,一直走到了一棵树下,然后在三娘目瞪口呆的注视下,掏出了一坛酒,透着石榴特有的香甜气息。

"你没有女儿红,我没有琼瑶美玉,可我想用这坛酒求娶心爱之人,不知姑娘意下如何?"

投我以木桃,报之以琼瑶。匪报也,永以为好也!

三年前,三娘带着抢来的小白脸儿偷偷地在后山挖藏起来的石榴酒;三年后,潘安携手三娘,在同样的位置挖出一坛石榴酒。

酒虽不是当年的那一坛,幸好,人却是当年那一对。

百花寨山后山前都种满了一大片一大片的石榴树,五月正是开花的时候,洋洋洒洒的花瓣纷纷扬扬地落下,似红雨随风坠下,把整个

寨子都染成了一片殷红，看起来格外诗情画意。今日的花径被人刻意清扫过，将那层层叠叠的艳红娇花从谁的房门口一直铺到了大红丝绸挂满的大堂，满堂软红，满室氤氲着香甜旖旎的酒香，姹紫嫣红间又是谁小心捧着一朵石榴花，温柔地插在爱人的发间。

原来，千帆过尽，一切如初。

·番外·

大当家的黑暗料理

"二当家,你可回来了。"小六子抱着陈二当家的大腿哭诉,表情悲壮,一脸视死如归的样子。

陈二当家慢悠悠地摸了摸他那半截山羊胡,琢磨了一下,再慢悠悠地转身抬脚,准备哪里来的回哪里去,今天这个饭大概不好吃,他还是早点溜比较好。

自从百花寨放弃打家劫舍的事业转行做商人后,作为大当家的三娘整日百无聊赖,闲得发霉,就想着四处溜达溜达去指点江山,保全一下她大当家的地位。当然,跑腿打杂的简单事三娘是不做的,按照她的说法是做那些事太对不起她堂堂百花寨大当家的身份了。

于是,在陈二当家叫她去帮忙搬酒的时候,三娘乐呵呵地去了,然后搬酒的人都回来了。大当家主动留在了后山酒坊想学习学习怎么酿酒,她用尽了各种办法死缠烂打让寨子里最好的师傅指点她,结果,普通人酿一坛果酒怎么也得一个月,发酵两次,可大当家就是不一样,半个月就做好了一坛。人家的酒都是等自然发酵变醇,三娘的酒厉害了,她每天白天抱着坛子散功,晚上就放厨房灶台上焙着,还硬说是吴大娘教她的,想强行把吴大娘拉下水。对此吴大娘气呼呼地找上门来,说自己酿的甜酒因为被人拿走导致温度不够坏了,三娘一脸茫然,随后无辜地甩锅给了小六子,结果人家小六子根本就没在寨子里。

三娘最后被吴大娘拿着锅铲赶出了厨房,只好在寨子里游荡,实在是没事可以做就想去帮忙管账,才提出来就被顾三当家无情拒绝了。顾三当家认为顾轩和柳酥的算术都比三娘好,为了不造成不必要的财产损失,顾三当家明确拒绝了大当家的渴求。三娘只得在顾轩一张写满了得意的脸上重重地捏了一把,然后灰溜溜地走了。

紧接着,她又去祸害江隐和江鲤。

三娘跟着江隐去送货结果送错了地方,跟着江鲤出去谈生意差点把对方打一顿。

在经过一番折腾还不讨好后,三娘终于意识到她好像不适合做这些,但是她也不气馁准备从头开始,还虚心地向潘安请教她适合做点什么事,还道如果找不到合适的她只能去送货接镖了。

潘安听后,仔仔细细地想了半夜,最后认为只要跟外人有交流的和平事业都不怎么适合她,特别是送货和接镖,他现在还记得每次跟三娘一起的队伍回来都损失惨重。

于是,在他的几番糊弄和鼓励下,三娘决定做一件二十来年都耳熟能详却有缘无分的大事——做菜!

想法很美好，现实很残忍，百花寨和天龙寨上上下下，除了潘安竟没一个人支持她。但是，三娘是谁啊，她什么时候听别人说不做就不做啊。

于是，趁吴大娘出门去探访一个远方的亲戚的时候，三娘拉着潘安占领了厨房。除此之外，三娘还特地写信去叫赖在紫竹寨的陈二当家回来给她撑场子，结果被陈二当家拒绝了。

为了在众人面前扬眉吐气重振大当家的威风，三娘想提前两天把她准备要做的菜都做一遍，潘安为了表示自己是无条件支持着她，半是威胁半是强迫地找了几个试菜的，还笑呵呵地让他们好好表现，使劲昧着良心夸。

柳酥一听三娘要做菜，二话不说就偷偷地跟着江隐溜下山送货去了。顾轩跑得慢了一步，被潘安一个飞身逮个正着，看他嘟着嘴抱怨的样子，潘安好笑让他给自己找个同甘共苦的小伙伴，于是刚刚送完信还没来得及溜的小六子也被拉到了厨房。

潘安对此的说法是，在不确定的未知境遇中，多几个人承担，风险便会小几分。换言之，三娘做的菜可能不安全，大家注意保重自己。

三娘做的第一道菜是松鼠鳜鱼，为此她还专门让潘安去山上追了只松鼠回来，灰黄的皮毛，豆子大小圆溜溜的眼珠子，一条毛茸茸的大尾巴紧紧地贴在身侧，完全不敢摇摆，看起来弱小又无助。小六子想了想自己曾经吃过的松鼠鳜鱼好像主要用料是鱼吧？他不确定地朝顾轩看了看，顾轩迟疑地点头后，小心翼翼地问三娘要拿这个松鼠干什么？

"嗯，这个嘛，那个师傅说这道菜最重要的就是外形要做出来像松鼠，味道要酸爽酥脆，炸出来的蓬松度要和松鼠的毛差不多，她怕把握不好，干脆抓个回来比着做。"潘安有些无奈，略带歉意地看着那只被迫搬家正在瑟瑟发抖的松鼠。

"是吧，小灰毛？"三娘完全没觉得有什么不对，还时不时用手撸两把吓得发抖的小松鼠。

众人同时无语，私下嘀咕还好做的不是叫花鸡，要不然还要去找个叫花子兄弟，一个没搞好就成人口贩卖了。

大家先目瞪口呆地看着三娘一刀宰了鱼，剁了鱼头。小六子安慰顾轩道："还好，松鼠鳜鱼也可以不用鱼头的。"接着又看三娘一刀斜劈过去，鱼一分为二，摆得整整齐齐的时候，小六子才发现了不对，没刮鱼鳞，没把鱼先开膛破肚处理内脏，重点是这么一刀下去鱼胆好像破了，墨绿色的胆汁已经染了大半条鱼。小六子想溜，却被潘安拦住了，只得和顾轩抱作一团，用眼神控诉他们的不友好行为。

还好潘安早有准备，委婉地劝三娘换了条鱼，接着在几人注视下她淡定地拿出了一条刮鳞去腥还划了花刀的鱼。三娘见状瞪他，潘安笑着提醒她锅里该下油了。

在潘安口头提示、三娘大胆行动下，松鼠鳜鱼总算是做好了，炸

得有些煳,不过小六子和顾轩都不敢嫌弃,只能做出一副吃得很开心的样子,并向潘安投去了感激的目光。毕竟如果不是他一路糊弄着三娘,鬼知道三娘能做出道什么要人命的玩意儿出来给他们吃。

但接下来的两道菜三娘不准潘安再开口提示,在大当家奇怪的自尊心作祟下还拒绝了潘安给她递调料。于是三娘做出了少盐多糖味道甜腻又麻辣的辣子鸡丁,还有一碗滋味一言难尽反正酸甜苦辣都不沾边的鸡𡾃菌汤,也不知道加了些什么食材。小六子在被迫喝了半碗汤后,在三娘一脸期待中倒了下去,据顾轩的初步诊断,有可能是菌子有毒……

三娘看着潘安,潘安也有些错愕地看向三娘,两人都有些不好意思,捡菌子的场景被回忆起来,大的、漂亮的、水灵的……好像他们确实不知道什么样的菌子是有毒的。

尽管如此三娘还是没有放弃自己的厨艺,她觉得这世间的所有事都是"唯手熟而已",而且偶尔一次的失败并不能证明什么。于是第二天她又兴冲冲地去山下买了一堆听起来就用途不小的食材配料打算重新来过。潘安是想阻止的,但在听三娘说她还准备做点柳食烟曾经教过她的给公婆丈夫做的那种荷叶糕后,果断闭嘴,甚至亲自出面解决了一些来自百花寨、天龙寨内部的反对意见。

三娘看着面前一桌子自认为色香味俱全的菜十分得意,决定让小六子再来尝一次。小六子看着三娘手里还没有放下的菜刀,再看了眼倚在门口的潘安，只得强颜欢笑地去了，还拉上了顾轩。结果他再次中毒，吃了后头晕脚软浑身乏力，搞了半天才知道三娘把藿香当成了香叶，放得多了些……

自此，小六子对三娘的厨艺完全绝望了。出于对自身安全的考虑，小六子叫人立即下山去请陈二当家回来。他算是明白了，一般人是阻止不了三娘的，特别是自己这种打又打不过，跑又跑不赢的。潘安虽然能阻止但是他只会助纣为虐，中毒两次的小六子只好把希望放在陈二当家身上。

潘安不愧是跟三娘过招后还能立于不败之地的人，小六子回想了潘安吃的情景再次感叹："贼，太贼了！"

潘安从三娘手里接过筷子，挑了一筷子类似肉的东西，坚定地放入口中，还细嚼慢咽，脸上始终保持微笑，然后他对三娘点点头说想再加点醋。三娘对他吃了菜还提出建议的这个做法相当满意，喜滋滋地去灶台上找醋，小六子则是一脸惊恐地盯着他。只见潘安笑了笑，快速地拿出手帕吐了出来，然后在三娘回来前擦干净嘴，收起帕子，继续微笑淡定地坐在那里，甚至看向三娘的眼神中还多了一丝鼓励。小六子的表情活像见了鬼一样，他在潘安准备喝鸡汤的时候，狠狠打了个战决定去找顾轩。

而且潘安相当阴险，自己作弊就算了，还要祸害别人，为了不让三娘尝她自己做的菜可谓是说尽了花言巧语，所以也就导致大当家一

直不知道她做菜的实际水平到底有多差。

他像模像样地说菜做出来就是给别人吃的,而且好的厨师一般都不吃自己做的菜,还一脸深情地跟三娘说,你是注定要成为大师的人,那就更应该从现在起就把这个习惯给培养起来等,全是乱扯,偏偏三娘还信了。

看到三娘信后,潘安暗地里松了口气,在厨艺上多折腾两天,就是给下山送货、外出接镖的兄弟们多过两天安生日子啊!

七月的百花寨酒香四溢,湛蓝的天空中点缀着朵朵白云,有风夹杂着松针的清香从山涧缓缓吹过,鸟儿不紧不慢地从这个枝头跳到那个枝头,一派闲适清幽。陈二当家委婉地表示在这么好的日子里,大家应该一起晒晒太阳吹吹风,吃个石榴喝杯酒,至于其他的事情如吃饭什么的其实可以免了,对此他直呼:"俗,太俗了,简直是俗不可耐!"

然后潘安默默地抱出了那坛三娘亲自酿的后来被吴大娘下令倒了却被偷偷藏了下来的酒。陈二当家想不到还有这一招,一时无语只暗恨自己跑得慢了点才被三娘和潘安堵个正着。

最后,在顾轩、小六子以及潘安和三娘的默默注视下,陈二当家一脸悲壮地拿起了筷子,三下五除二,一筷子飞速下咽,吃完再灌了半斤凉水,接着诚恳地劝三娘:"下山去开家店吧,你这个厨艺不去开黑店太可惜了,蒙汗药、鹤顶红什么的随随便便就可以省下来了。"

三娘哀怨地盯着众人，伸手去夹了一片肉尝了尝，潘安来不及阻止内心暗道糟糕，其余几人则表示大当家你终于想通了。

三娘发现有种不可言说的味道在嘴里蔓延，然后快速到达胃里，引起一阵阵酸涩。她强行按捺住想吐的冲动，一脸平常地把肉片咽了下去，转身把桌子上的菜有多远扔了多远。什么玩意儿，谁爱做谁做去，然后眼神幽怨地盯着潘安，骗子！她默默地拔斧。

潘安见势不对赶紧溜了出去。

"我那不是怕打击你的信心吗！哎，等等，别砍这个……"

二当家摸着山羊胡，慢悠悠地教育屋子里的人："做人，最重要的是诚实！万不可随随便便祸害他人！"

钦差大人是竹马